Tuvalu
Bis zum nächsten Sturm

3. Auflage 2025
© Ueberreuter Verlag GmbH, Berlin 2021
Ritterstraße 3, 10969 Berlin
produktsicherheit@ueberreuter.de
ISBN 978-3-7641-7109-4

Lektorat: Kathleen Neumann
Umschlaggestaltung: FAVORITBUERO GbR
unter der Verwendung von Fotos von © GettyImages/exxorian,
© Shutterstock/Yongcharoen_kittiyaporn, © Shutterstock/
Proskurina Yuliya, © Shutterstock/LAVRENTEVA
© Shutterstock/Ingo Menhard, © Shutterstock/Leone_V,
© Shutterstock/Cartarium, © Shutterstock/PVLGT

Druck und Bindung: CPI GmbH
Gedruckt auf Papier aus geprüfter nachhaltiger Forstwirtschaft.
www.ueberreuter.de

Carolin Philipps

TUVALU

Bis zum nächsten Sturm

ueberreuter

1

Er kam am Abend, plötzlich und ohne Vorwarnung. Es gab nichts, was auf einen Sturm oder gar Monsterwellen hingedeutet hatte. Nicht einmal die *talaalikis*, die Rußseeschwalben, die beim Herannahen eines Zyklons über die Dörfer flogen und alle mit ihrem schrillen Schrei warnten, waren gesehen oder gehört worden. Auch das von der Regierung installierte Frühwarnsystem, das die Bewohner auf dem kleinen Atoll mitten im Südpazifik warnen sollte, war wieder einmal ausgefallen.

Urplötzlich war sie da: die erste der Monsterwellen, die jeden Sturm begleiteten. Aus einer Höhe von acht Metern trafen die Wassermassen auf die Palmen am Strand, die wie trockene Zweige umknickten, und überschwemmten die kleinen Wohnhäuser, die keine zwei Meter über dem Meeresspiegel lagen. Die Menschen schrien, stolperten und rannten durcheinander nach allen Seiten davon. Mütter und Väter umklammerten die Hände ihrer Kinder und zerrten sie mit sich fort. Wer stürzte, wurde vom Wasser überspült.

Welle auf Welle schwappte durch Fenster und Türen in die Häuser und dann weiter bis zur Lagune auf der anderen Seite der an vielen Stellen nur zehn Meter breiten Insel Nanumea. Häuser, Dächer, Bäume, alles flog durch die Luft oder wurde im Wasserstrudel davongerissen.

Tahnee saß eng aneinandergedrängt neben ihren Eltern, ihrer Schwester Nouma und ihren zwei jüngeren Brüdern in der Kirche. Sie waren rechtzeitig vor dem immer stärker werdenden Sturm geflüchtet, nachdem ein umherfliegendes Wellblechdach auf der Terrasse ihres Hauses gelandet war.

Tahnee hörte von draußen das laute Knacken der Bäume, die der Sturm zu Boden warf. Immer wieder wehte der Wind auch die verzweifelten Schreie der Menschen herein, die es nicht mehr geschafft hatten, sich in der Kirche in Sicherheit zu bringen. Ängstlich schaute sich Tahnee um und seufzte dann erleichtert auf, als sie ihren älteren Bruder Petala hinten in der Kirche neben seinen Freunden stehen sah.

Stürme und Monsterwellen gehörten zu Tahnees Leben dazu wie der Regen und die Sonne. Und doch war es jedes Mal aufs Neue schrecklich, weil es jedes Mal Verletzte oder sogar Tote durch umfallende Bäume und zusammenstürzende Häuser gab und Freunde, Nachbarn oder Verwandte mit einer Welle ins Meer gespült wurden und manchmal für immer verschwanden.

Tahnee drückte ihren weinenden kleinen Bruder Tupou an sich. »Du brauchst keine Angst zu haben«, flüsterte sie ihm ins Ohr. »Hier kann uns nichts passieren. Hier sind wir in Sicherheit.« Hoffentlich, dachte sie. Aber bislang hatte die Kirche, die das einzige Gebäude aus Stein auf dem Atoll war, noch jeden Sturm überstanden.

Die Regentropfen schlugen auf das Dach wie harte Trommelschläge. In der Kirche war es dunkel. Wahrscheinlich hatte das Wasser auch die Solaranlage der Insel überschwemmt. Es würde wieder Tage oder sogar Wochen dauern, bis die Anlage repariert werden konnte und sie wieder Strom und damit Licht hatten.

Die Erwachsenen flüsterten leise, einige Kinder waren erschöpft eingeschlafen, andere weinten.

Die Stimme des Pastors, der vorne auf der Kanzel einige Kerzen angezündet hatte, hallte durch den Raum. »Gott sandte die Flut zur Erde, weil die Menschen seine Gebote nicht befolgt hatten. Alle ertranken. Nur Noah und seine Familie wurden gerettet, weil er rechtschaffen war.« Tahnee lauschte wie alle anderen den tröstenden Worten des Pastors so aufmerksam, als würde er etwas Neues verkünden. Dabei kannten sie alle die Geschichte aus der Bibel über Noah, die große Flut und die Arche auswendig. Es war diese Geschichte, die ihnen den Mut gab, nicht zu verzweifeln: Wer die Gebote Gottes beachtete, musste sich keine Sorgen machen.

»Als Gott sah, was er angerichtet hatte«, fuhr der Pastor fort, »versprach er Noah und durch ihn allen Menschen, dass nie wieder eine Flut alles zerstören würde. Und zum Zeichen dafür schickte er einen Regenbogen. Darum fürchtet euch nicht. Gott wird helfen … Gott wird helfen …«

Die Menschen in den Bänken fielen in seinen Sprechgesang ein: »Gott wird helfen!« Immer schneller, immer lauter wurden sie, bis die Worte den Regen und das Sausen des Windes übertönten, den ganzen Kirchenraum ausfüllten und dann plötzlich abbrachen.

In die Stille hinein begann Tahnees Mutter zu singen, andere Frauen aus ihrem Kirchenchor fielen ein. Schließlich sangen alle, Stunde um Stunde gegen die Angst. Auch Tahnee sang, bis sie heiser war. Tupou schlief friedlich auf ihrem Schoß.

Irgendwann wurde es ruhig in der Kirche. Auch Tahnee war eingeschlafen und wachte erst wieder auf, als ihre Mutter sie an der Schulter schüttelte. »Es ist vorbei!«, sagte sie.

Draußen schien die Sonne, ein leichter Wind wehte winzig

kleine Wellen ans Ufer und der Himmel war wolkenfrei, so als hätte es die letzte Nacht nicht gegeben.

Gemeinsam mit den anderen machte Tahnee sich auf den Weg nach Hause durch kniehoch stehende Pfützen, in denen das Meerwasser in schlammigen Blasen aus dem Boden quoll, vorbei an umgestürzten Kokospalmen, die einige der Häuser beim Fallen zerdrückt hatten.

Ihr Haus stand noch, aber das Wellblechdach war davongeflogen, die Regentonne mit dem kostbaren Wasser umgekippt. Der Vorrat an getrockneten Kokosnussschalen an der Feuerstelle vor dem Kochhaus war durchgeweicht, sodass sie mit dem Kochen warten mussten, bis die Sonne die Schalen getrocknet hatte. Im Haus war alles nass und durcheinandergewirbelt worden.

Tahnee seufzte. Die Aufräumarbeiten würden wieder mehrere Tage dauern. Während ihr großer Bruder Petala und der Vater sich auf die Suche nach dem Wellblechdach machten, half Tahnee der Mutter im Haus.

Sie arbeiteten schweigend, jede wusste genau, was zu tun war. Es war nach jedem Sturm dasselbe. Auch ihre Gedanken gingen in die gleiche Richtung: Wie ging es den anderen aus der Familie? Den Großeltern, Onkeln und Tanten, Cousins und Cousinen und ihren Familien, die in den Dörfern auf den drei anderen bewohnbaren Inseln des Atolls lebten. Das Telefonnetz war kaum ausgebaut, kaum einer der sechshundert Einwohner von Nanumea besaß einen Anschluss und so gab es keine Möglichkeit, sie schnell zu erreichen.

»Hoffentlich ist niemand schwer verletzt«, meinte die Mutter leise und seufzte. Das einzige Krankenhaus des gesamten Inselstaates Tuvalu, zu dem Nanumea gehörte, befand sich in in der Hauptstadt auf dem vierhundertsechzig Kilometer entfernten Atoll Funafuti. Eine Flugverbindung gab es nicht und das nächste reguläre Schiff lief Nanumea erst in drei Wochen an. So blieb nur die kleine Krankenstation, die aber Schwerverletzte nicht versorgen konnte.

»Sie hätten Boten geschickt, wenn einer von ihnen verletzt wäre.« Tahnee umarmte ihre Mutter. Sie wusste genau, woran sie dachte. Es waren diese Bilder im Kopf, die nach jedem Sturm wie ein immer wiederkehrender Albtraum zurückkamen: Kurz nach Tahnees Geburt hatte eine Monsterwelle die jüngste Schwester ihrer Mutter gegen einen Baum geschleudert. Das Rettungsschiff konnte wegen des Sturms und des hohen Seegangs nicht aus dem Hafen der Hauptstadt auslaufen, doch es wäre ohnehin zu spät gekommen.

Auf Nanumea, der Hauptinsel des Atolls, auf der Tahnees Dorf lag, hatte es zum Glück diesmal keine Toten gegeben, nur einige leicht Verletzte. Sie hatten es alle überlebt, aber die Angst vor dem nächsten Sturm, der so sicher kommen würde wie Ebbe und Flut, blieb und wurde mit jedem Sturm größer.

2

»Der große Kokosnussbaum ist auf Großmutters Haus gefallen!« Mit dieser Nachricht kam Petala am Tag nach dem Sturm aus Lakena zurück. Der Vater hatte ihn auf die kleine Insel am Rande der Lagune geschickt, um zu sehen, wie es den Eltern von Tahnees Mutter und der Familie ihres Bruders ergangen war.

Die Mutter schrie erschrocken auf.

»Sie lebt«, beruhigte Petala sie, »Onkel Wawe hat vorgeschlagen, dass Großmutter zu ihm zieht, aber sie will einfach nicht.«

»Das verstehe ich nicht!«, sagte Tahnee. »Warum soll sie denn zu Onkel Wawe ziehen? Warum baut ihr das Haus nicht einfach wieder auf? Das habt ihr sonst auch immer gemacht! Was sagt Großvater denn dazu? Soll der auch umziehen? Das wird er bestimmt nicht machen!«

Petala schwieg und schaute erst die Mutter, dann den Vater an. »Großvater ist vor zwei Tagen zum Fischen aufs Meer gefahren …«

Entsetzt starrten ihn alle an.

»Er … er ist nicht zurückgekommen … noch nicht. Ich meine … er ist vielleicht auf einer Insel gestrandet …« Petala versuchte verzweifelt, seiner Nachricht das Schreckliche zu nehmen. »Vielleicht hat er den Sturm kommen sehen und hat sich in Sicherheit gebracht …«

»Hoffen wir das Beste!«, meinte der Vater. »Aber wir alle wissen doch, dass es da draußen weit und breit keine Inseln gibt!«

Tahnee hatte mit weit aufgerissenen Augen und starr vor Entsetzen zugehört. Doch plötzlich schob sie ihren Bruder beiseite und rannte aus dem Haus, die Treppe hinunter mitten in eine Riesenpfütze hinein.

Das Wasser spritzte nach allen Seiten. Um sie herum kreischten ihre beiden jüngeren Brüder mit ihren Freunden vor Freude, hüpften in der Pfütze herum und bespritzten sie. Sie schubste sie aus dem Weg und rannte weiter bis zu einem kleinen Seitenpfad, der zur Lagune führte. Hier am Ufer lag ihr Kanu.

Tahnee stieg ein und paddelte, so schnell sie konnte, in die Mitte der Lagune. Dort setzte sie ihr Segel. Sie musste sich beeilen. Wenn die Sonne unterging, würde es schlagartig dunkel werden. Dann war es zu gefährlich, noch bis zur Großmutter nach Lakena zu segeln. Außerdem hatte die Ebbe schon eingesetzt und bald würden überall in der Lagune kleine Felsen aus Korallen herausragen, die man bei Nacht leicht übersah.

Der Wind war günstig und sie kam gut voran. Trotzdem ging die Sonne unter, bevor sie auch nur die halbe Strecke geschafft hatte. Sie holte aus ihrem Boot eine Lampe, band sie sich um den Kopf und segelte vorsichtig weiter, angestrengt auf das dunkle Wasser blickend.

Wenn der Lichtschein auf einen Schwarm fliegender Fische traf, flogen sie erschrocken hoch. Einige der silbrigen Fische landeten sogar in ihrem Boot.

Tahnee musste an ihren Großvater denken, der ihr das Auslegerkanu mit Segel vor sieben Jahren zu ihrem achten Geburtstag aus einem Brotfruchtbaum geschnitzt und ihr das Segeln beigebracht hatte.

11

Mädchen bekamen eigentlich kein Boot, sie fuhren auch nicht zum Fischen aufs Meer. Aber dem Großvater war das egal. Er nahm sie sogar manchmal mit zu seinen Nachtfahrten, bei denen er auf die andere Seite des Korallenriffs fuhr, um fliegende Fische zu fangen.

In diesen Nächten musste es stockdunkel sein, auch der Mond durfte nicht scheinen. Auf dem Motorboot befanden sich dann neben Tahnee und ihrem Großvater meist noch zwei weitere Männer aus dem Dorf. Großvater steuerte, während ein anderer am vorderen Ende des Bootes hockte – ausgestattet mit einem großen Netz und einem Helm mit einer starken Lampe. Der dritte saß in der Mitte des Bootes, ebenfalls mit einem Netz in der Hand.

Tahnee kauerte auf dem Boden des Bootes und klammerte sich fest, während das Boot durch das Wasser flog. Die Lampe erschreckte die Fische, sodass sie in Scharen aus dem Wasser flogen, um dem Lichtkegel auszuweichen.

Mit den Netzen wurden die fliegenden Fische eingefangen und auf den Boden des Bootes geworfen. Schon nach kurzer Zeit war Tahnee von zappelnden silbrigen Fischen umgeben. Manchmal landete auch einer mitten in ihrem Gesicht. Die schönsten Momente waren die, wenn Delfine auftauchten, um mitzujagen. Große, graue Schatten, die leise durch das Wasser flogen, dann in die Luft sprangen und dabei laut pusteten.

Großmutter aber sah es nicht gerne, wenn Großvater sie mitnahm. Bei hohen Wellen konnten auch die besten Fischer leicht die Orientierung verlieren, da die Inseln sehr flach waren und nur wenige Meter aus dem Meer herausragten. Oder wenn dichte Wolken die Sonne oder die Sterne versteckten, mit deren Hilfe schon ihre Vorfahren über Tausende Kilometer ihren Weg durch das Meer gefunden hatten.

Tahnee hatte das Lachen ihres Großvaters noch in den Ohren, mit dem er jedes Mal auf die Ängste seiner Frau antwortete. »Was soll schon passieren?«, sagte er. »Es gibt keinen auf der Insel, der das Meer besser kennt.«

»Aber das Meer hat sich verändert«, erwiderte Großmutter dann. »Die Natur ist nicht mehr unser Freund. Wir verstehen sie nicht mehr so wie früher.«

Großvater nickte dann immer. Er wusste, dass sie recht hatte. »Aber was soll ich machen? Wir brauchen den Fisch zum Leben. Ich fahre ja nicht zum Vergnügen hinaus. Und Tahnee fährt zum Lernen mit, damit sie mir später helfen kann. So etwas lernt sie nicht in der Schule.«

Tahnee hatte keine Angst. Sie vertraute ihrem Großvater, der der beste Bootsführer auf dem ganzen Atoll war. Doch nicht nur das: Neben ihrer Großmutter war es der Großvater, zu dem sie die engste Beziehung hatte. Nach dem Tod von Tahnees Tante hatten die Eltern Tahnee, die gerade erst ein Jahr alt war, nach Lakena gebracht, damit sie, wie es Tradition war, ihre Großeltern über den Verlust ihrer eigenen Tochter hinwegtrösten sollte. Sie war bei ihnen aufgewachsen, bis sie wie viele Schüler Nanumeas mit 14 Jahren auf die Internatsschule nach Vaitupu kam, einer 345 Kilometer entfernten Insel, um dort die weiteren Klassen zu besuchen.

Und jetzt war der Großvater irgendwo da draußen auf dem weiten Meer verschwunden. Tränen liefen Tahnee über das Gesicht. Sie wollte so gerne glauben, was Petala gesagt hatte, aber sie wusste auch, dass es nach einem solchen Sturm mit Monsterwellen keine große Hoffnung mehr gab.

Endlich hatte sie Lakena erreicht. Sie zog ihr Boot ein Stück den Strand hinauf, in sicherer Entfernung zum Haus ihres Onkels Wawe, das am Rande des Dorfes lag. Sonst führte ihr erster Weg immer dorthin. Sie wusste, dass sie willkommen wäre und zum Essen eingeladen würde. Aber sie wusste auch, dass er sie dann im Dunkeln nicht mehr zu ihrer Großmutter lassen würde, die eine halbe Stunde Fußweg entfernt am anderen Ende der Insel lebte.

Der einzige Weg dorthin verlief mitten durch das Dorf und dann weiter durch den Dschungel. Überall vor den Häusern flackerten die Holzkohlefeuer, sie hörte die lachenden Stimmen von Menschen, die beim Essen zusammensaßen. Nur einige Hühner und Schweine liefen noch herum.

Eine Straßenbeleuchtung gab es auf Lakena nicht und zum Glück schien auch der Mond nicht, sodass Tahnee unbemerkt durch das Dorf schleichen konnte.

Nachdem sie das letzte Haus passiert hatte, schaltete sie ihre Lampe wieder ein. Vorbei an Brotfrucht-, Pandanusbäumen und Kokosnusspalmen führte der Sandweg ins Innere der Insel. Etwas weiter Richtung Südstrand stand das Haus der Großeltern, das noch ganz im traditionellen Stil auf Pfählen und mit einem Dach aus Pandanusblättern gebaut war. Es war nach allen Seiten offen, sodass der Wind hindurchwehen konnte. Das machte das Leben bei großer Hitze angenehmer als in dem Haus aus Zement und Wellblech, das der Vater vor einigen Jahren für die Familie auf Nanumea gebaut hatte. Am Dach waren kunstvoll geflochtene Matten befestigt, die man herunterlassen konnte, um Schatten zu bekommen und den Regen abzuhalten.

So hatte das Haus zumindest bei ihrem letzten Besuch vor

einer Woche noch ausgesehen. Jetzt lag einer der großen Kokosnussbäume, die das Haus umgaben, quer über dem Dach und hatte es unter seinem Gewicht zerdrückt. Die dicken Holzbalken waren zersplittert, als wären sie dünne Zweige, die Plattform, auf der das Haus gebaut war, lag in mehrere Teile zerbrochen darunter.

Tahnee stand für einen Moment regungslos da. Es war alles noch schlimmer als erwartet. Von dem Haus, in dem sie ihre Kindheit verbracht hatte, war nicht viel übrig geblieben. Es würde ein neues Haus gebaut werden, vielleicht sogar größer und schöner als das alte, nur ohne die vielen Erinnerungen, die in jeder Ecke des alten Hauses gewohnt hatten.

3

Die Großmutter stand allein an der Feuerstelle vor der Kochhütte und rührte in einem ihrer großen Töpfe. Als sie Tahnee sah, lächelte sie. »Ich wusste, dass du kommen würdest«, sagte sie und umarmte Tahnee.

Früher hatte es Tahnee manchmal erschreckt, wenn die Großmutter Dinge zu wissen schien, die sie eigentlich gar nicht wissen konnte. Sie besaß die Kraft ihrer Vorfahren, in die Zukunft zu sehen.

Tahnee klammerte sich an ihre Großmutter und fing an zu weinen. Lange standen sie da, fest umschlungen, bis Tahnee sich losmachte. Schließlich war sie hergekommen, um die Großmutter zu trösten. »Morgen kommen sicher auch Vater und Petala, um dein Haus wieder aufzubauen«, sagte sie, während sie sich die Tränen aus dem Gesicht rieb.

Großmutter nickte. »Gut so. Ich hoffe, auch dein Onkel Wawe und die Leute vom Dorf werden kommen, damit es schneller geht. Denn ich werde hierbleiben. Hier ist mein Zuhause, auch wenn Großvater nicht mehr zurückkommt.«

Tahnee schluckte. Dann riss sie sich zusammen und versuchte, sich und ihrer Großmutter Mut zu machen. »Er kennt das Meer und vielleicht befindet er sich längst an Bord eines dieser großen Fischfangboote. Er ...«

Die Großmutter schaute sie an. »Wir wissen doch beide, dass sein Boot nur eine winzige Kokosnussschale war, mitten in den Wellen, so hoch wie der Kirchturm in eurem Dorf«, sagte sie leise. »Aber du hast recht, man soll die Hoffnung nie aufgeben.«

Schweigend saßen sie anschließend am Feuer und aßen Großmutters *paw paw*, ein Bananenbrei, der hier bei ihr am besten schmeckte.

»Lass uns schlafen gehen«, meinte die Großmutter nach dem Essen. »Die Männer werden morgen sehr früh hier sein und wir müssen die Mahlzeiten für sie vorbereiten.«

Sie hatte bereits einige der Schlafmatten aus dem zerstörten Haus in die Kochhütte getragen und so schliefen sie eng aneinander gekuschelt auf dem Boden ein.

Am nächsten Morgen wachte Tahnee vom Gegacker der Hühner auf, die draußen frei herumliefen. Die Großmutter bereitete vor der Kochhütte das Frühstück vor und graue Rauchwolken zogen zu Tahnee herüber. Tahnee sprang auf, schöpfte Wasser aus dem Eimer neben der Regentonne und wusch sich das Gesicht.

Dann nahm sie eine der leeren Kokosnussschalen und kletterte auf den Kokosnussbaum neben dem Haus, so wie sie das seit Jahren jeden Morgen machte, wenn sie hier war. Großvater hatte Stufen eingeschnitzt, sodass Tahnee schnell vorankam bis zur Spitze in zehn Metern Höhe. Dort hing eine ausgehöhlte Kokosnussschale, die den *toddy* genannten weißen, dickflüssigen Saft aus der eingeritzten Rinde auffing. Großmutter machte daraus Marmelade oder, wenn er gegoren war, Palmwein für die Erwachsenen.

Nach einem schnellen Frühstück, zu dem es neben den Resten vom gestrigen Abendessen Großmutters neuen Lieblingssalat aus Tomaten und Zucchini gab, machten sie sich auf den Weg zum Grundstück der Familie.

Jede Familie auf dem Atoll besaß hier auf Lakena ein Grundstück mit Obstbäumen und *pits*, riesigen mit kompostierter Erde aufgefüllten Gruben. Sie waren über Generationen ausgeschachtet worden bis zur Süßwasserlinse hinunter, die unterhalb der Insel lag, und waren der kostbarste Besitz einer Familie. In diesen *pits* wurden Taro und Pulakaknollen angepflanzt, die zu jeder Mahlzeit gehörten.

Als Tahnee und ihre Großmutter die *pits* erreichten, trafen sie auf Tahnees Urgroßonkel, der mit seinem Sohn Malaki gekommen war, um ebenfalls beim Hausbau zu helfen.

Tahnee zuckte zusammen, als Malaki so plötzlich vor ihr stand. Seit dem Sturm war nicht eine Minute vergangen, in der sie nicht an ihn gedacht hatte. Ging es ihm gut? Hatte er sich rechtzeitig in Sicherheit bringen können? Und nun stand Malaki da und lächelte sie an. Am liebsten wäre sie zu ihm gelaufen und hätte ihn in den Arm genommen. Malaki, der das wohl ahnte, schüttelte warnend seinen Kopf. Darum nickte sie ihm nur kurz zu und begrüßte dann ihren Urgroßonkel, der aufgeregt auf die Großmutter einredete und sie kaum beachtete.

»Das Wasser in den *pits* ist salzig geworden. Salzig wie das Meer!«, sagte er.

»Es ist immer ein bisschen salzig. Die Pulakas vertragen das«, meinte Großmutter.

Aber er schüttelte den Kopf. »Es ist zu viel Salz. Das Meerwasser steigt jetzt schon durch den Boden bis nach oben. Wenn das so weitergeht, werden alle Pflanzen sterben. Und was essen wir dann? Schau dir die Bananen an!« Er zeigte auf eine große Staude, bei der sich die Spitzen der Blätter bereits braun gefärbt hatten. »Man kann ihnen beim Sterben zusehen, so schnell geht es.«

»Ich bin froh, dass ich meinen neuen Gemüsegarten habe«,

sagte die Großmutter und lächelte Tahnee zu. Tahnee hatte ihr schon in den letzten Ferien aus dem Schulgarten Setzlinge von Tomaten, Bohnen, Salat und Zucchinis mitgebracht. Gemeinsam mit Onkel Wawe hatten sie ein Hochbeet gebaut, wo Großmutter ihr Gemüse nun salzfrei mit Regenwasser aus der Tonne züchten konnte.

Während der Urgroßonkel Großmutters kleinen Handwagen mit frischen Pulakaknollen füllte, lief Tahnee zu den Brotfruchtbäumen, um mithilfe einer langen Stange die Früchte abzuschlagen, die Großmutter zu Gemüsemus verarbeiten wollte.

Malaki folgte ihr, ebenfalls mit einer Stange in der Hand. Als sie ihn erschrocken ansah, meinte er nur: »Keine Angst! Deine Großmutter hat gesagt, ich soll dir helfen, weil sie eine Menge Früchte für die nächsten Tage braucht. Es werden viele Helfer für den Wiederaufbau ihres Hauses kommen …« Er zögerte kurz, dann fügte er leise hinzu: »Wann fährst du zurück?«

Tahnee zuckte mit den Schultern. »Ich weiß es noch nicht. Wenn Großmutters Haus fertig ist. Ich kann sie jetzt nicht allein lassen.«

Sie schaute sich etwas ängstlich nach ihrer Großmutter und Malakis Vater um. Aber die beiden waren in ihr Gespräch über die Versalzung der *pits* vertieft und beachteten sie gar nicht.

»Wir müssen vorsichtig sein«, sagte sie leise.

»Mach dir keine Sorgen. Niemand hat bis jetzt etwas bemerkt und das wird auch so bleiben.«

Die lauten Stimmen hinter ihnen hatten aufgehört. Als Tahnee sich umdrehte, sah sie, wie die beiden zu ihnen herüberschauten. Sie bückte sich hastig und fing an, die Brotfrüchte aufzusammeln.

Auf dem Rückweg zum Haus gingen Malaki und sein Vater vorweg, schwer bepackt mit Bananen und Brotfrüchten, während Tahnee und die Großmutter den Handwagen mit den Pulakaknollen zogen.

Tahnee war froh, dass die Großmutter keine Fragen stellte, denn sie wollte ihr keine Lügen erzählen. Vielleicht machte sie sich auch zu viele Gedanken, dass sie und Malaki aufgeflogen sein könnten. Mehr als ihre Rücken hatten die beiden nicht gesehen. Wenn sie in ihren Gesichtern hätten lesen können – ja, dann hätten sie jetzt ein großes Problem.

Als sie zurück zu Großmutters Haus kamen, waren bereits viele Helfer aus dem Dorf dabei, das alte Haus auseinanderzunehmen und alles, was noch zu gebrauchen war, auf einen Haufen zu legen.

Viel war es nicht. Daher mussten mehrere Bäume für neue Balken gefällt und Palmblätter für das Dach geschnitten werden, die von den Frauen dann zu dichten Matten zusammengeflochten wurden.

Auch ihre Eltern, ihr großer Bruder und andere Verwandte von den übrigen Inseln waren gekommen. Es war selbstverständlich, dass man nach einem Sturm den anderen half, sobald man mit der Reparatur seines eigenen Hauses fertig war.

Onkel Wawe und die Männer aus dem Dorf waren schon am frühen Morgen fischen gegangen und brachten Körbe mit frischem Fisch und Krebsen mit. Tahnee setzte sich zu den anderen Frauen, die dabei waren, neue Fuß- und Fenstermatten aus Palmwedeln zu flechten.

Sie unterhielten sich leise über Großvaters Verschwinden und die Hoffnung, dass er lebendig wiederkommen würde. Tante Haufia erzählte gerade von einem Mann, der nach vier Wochen in seinem Boot auf der Insel Samoa mehr als Tausend Seemeilen entfernt angeschwemmt worden war. Halb verhungert und verdurstet, aber lebendig.

Solange Großvater vermisst wurde, konnte man sich vorstellen, dass er noch lebte. Alles andere wurde ausgeblendet. Es machte keinen Sinn, sich Sorgen zu machen, solange auch nur eine Spur Hoffnung bestand. »Stellt euch nur vor, wie er sich freuen wird, wenn er sein neues Haus sieht!«, meinte Tante Haufia, die wie immer fröhliche Stimmung zu verbreiten versuchte, was ihr an diesem Tag aber nicht so ganz gelang.

Am Abend standen bereits die Grundpfeiler des neuen Hauses, und die ersten Bretter für die Plattform waren auch schon genagelt. Da die Kochhütte mit Lebensmitteln gefüllt und kein Platz zum Schlafen übrig war, gingen auch Tahnee und ihre Großmutter mit ins Dorf zurück, wo alle Helfer in den verschiedenen Häusern unterkamen, Tahnee und ihre Eltern im Haus von Onkel Wawe.

Als Tahnee am nächsten Morgen aufwachte, hörte sie lautes Rufen und Lachen von draußen. Einige Männer waren dabei, Fische für den neuen Tag zu fangen. Auch Malaki half mit. Während zwei Männer das riesige Netz im flachen Wasser quer zum Strand gespannt im Wasser hielten, trieben andere mit lautem Geschrei und viel Lärm die Fische ins Netz, indem sie mit den Händen auf das Wasser schlugen.

Tahnee setzte sich in den warmen Sand und schaute ihnen zu. Am liebsten hätte sie mitgemacht, aber ihre Mutter und ihre Tante sahen es gar nicht gerne. Fischefangen war Männersache.

Sie schaute auf das kristallklare, blaue Wasser, das in der Sonne geheimnisvoll glitzerte, die Palmen am Ufer, deren Wedel im Wind tanzten. Ein Paradies. Sie konnte sich nicht vorstellen, woanders zu leben.

Und doch konnte sich dieses Paradies innerhalb von Minuten in einen Albtraum verwandeln. Aus den kleinen Wellen wurden Monsterwellen, vom Sturm getrieben, die alles überschwemmten und mit sich rissen. Die das Trinkwasser in den Brunnen versalzten und die Ernte vernichteten.

»Gott ist böse auf uns«, hatte die Mutter ihr früher erklärt, als Tahnee fragte, warum auf einmal die Monsterwellen kamen. »Wir haben ihn verärgert.«

»Und was können wir machen?«

»Wir müssen noch mehr beten. Er wird uns erhören, wenn wir unsere Taten bereuen, und dann wird die Natur wieder unser Freund wie früher«, hatte die Mutter gesagt.

Tahnee war sich sicher gewesen, dass sie nichts getan hatte, was Gott so sehr verärgern konnte, dass er Monsterwellen schickte.

Der Vater hingegen hatte eine ganz andere Geschichte erzählt. Er fuhr damals noch auf den großen Containerschiffen als Seemann durch die Welt und brachte jedes Mal, wenn er Urlaub hatte, nicht nur unbekannte Dosennahrung und Süßigkeiten, sondern auch spannende Geschichten mit, von denen Tahnee nicht genug hören konnte.

Nur eine Geschichte machte ihr Angst. Sie handelte von dem riesigen Eisberg, der eines Tages vor seinem Schiff aufgetaucht war. Der Vater erzählte, dass das Eis im Süden der

Erde am Schmelzen war und viele solcher Eisberge durch das Meer schwammen, langsam schmolzen und als Wasser ins Meer flossen. Und weil das eine unfassbar große Menge Wasser war, stieg der Meeresspiegel an. Und dann wurde es gefährlich für Inseln, die nur knapp über dem Meeresspiegel lagen wie Nanumea.

Es war damals nur eine Geschichte, die Angst machte, aber mit ihrem Leben auf Nanumea nicht viel zu tun hatte.

Doch als Tahnee in die Schule kam, erzählte die Lehrerin die gleiche Geschichte. Sie zeigte sogar Bilder von Eskimos, die im Eis lebten, und den Rissen im Eis, sodass sie keine Eisbären mehr jagen konnten und die Fische wegblieben, weil es zu warm wurde. Als Tahnee fragte, warum das Meer auf einmal anfing zu schmelzen, erzählte die Lehrerin von Ländern, die Tausende Seemeilen entfernt waren. Dort gab es Autos und Fabriken, die heiße, verschmutzte Luft in den Himmel pusteten und dadurch das Eis zum Schmelzen brachten.

Als Tahnee ihrer Mutter davon erzählte, die genau wie sie weder Autos noch Fabriken kannte, war ihre Antwort: »Warum auch immer die Monsterwellen kommen, nur Gott kann sie besiegen und darum müssen wir ihn bitten. Gott wird nicht zulassen, dass unsere Heimat von den Monsterwellen verschlungen wird. Er lässt uns nicht im Stich!«

Wie sehr wünschte sich Tahnee, sie könnte das immer noch wie früher glauben. Leider wusste sie selbst inzwischen, dass die Geschichten des Vaters und der Lehrerin keine Märchen waren, sondern im Gegenteil längst Teil ihres täglichen Lebens.

4

Drei Tage später war das Haus der Großmutter fertig, was mit einem großen Festessen für alle Helfer am letzten Abend gefeiert werden sollte. Onkel Wawe schlachtete ein Schwein, Großmutter ließ drei Hühner grillen, Fische wurden gefangen und gebraten. Die Frauen waren den ganzen Tag mit Kochen beschäftigt, und die Pulakaknollen, die bereits seit Tagen auf dem Feuer köchelten, damit sie essbar wurden, verarbeiteten sie zu Mus. Großmutter setzte frischen Palmwein an.

Vor dem Essen bedankte sie sich bei allen Helfern. Den Großvater erwähnte sie dabei mit keinem Wort. Nur Tahnee, die sie nachts oft leise weinen hörte, wusste, wie sehr sie ihn vermisste. Und solange es kein sichtbares Zeichen gab, dass er ertrunken war, würde sie wie Tahnee den letzten Rest an Hoffnung ganz tief in sich bewahren, auch wenn sie immer so tat, als würde sie nicht daran glauben.

Wie meistens in den letzten Monaten drehten sich auch während des Essens die Gespräche um die Stürme, die immer häufiger und heftiger auf die Insel trafen.

»Manchmal gehen die Sirenen. Und ich schaue zum Himmel und es gibt keine Wolke, keinen Wind, nichts bewegt sich. Und dann kommt ganz plötzlich der Sturm und dann die Wellen«, meinte Tolise, einer der ältesten Bewohner des Atolls. »Als mein Enkel das erste Mal aus der Schule kam und vom Klimawandel erzählte, habe ich es nicht geglaubt. Aber jetzt kann ich es sehen, jeden Tag. Es macht mir Angst! Wie lange können wir hier noch leben? Was wird aus meiner Familie, wenn unser Atoll im Meer versinkt? Wo werden wir hingehen?«

»Es sind unsichere Zeiten. Aber auf eines ist Verlass: auf unsere Gemeinschaft. Niemand wird alleinegelassen, wenn er in Not ist«, meinte Tahnees Vater und alle nickten.

Tahnee hörte nur mit halbem Ohr zu. Ihre Augen wanderten immer wieder zu Malaki hinüber. Obwohl sie den ganzen Tag so nahe beinander gearbeitet hatten, hatten sie kaum ein Wort miteinander sprechen können. Er war ihr Cousin dritten Grades und eine Freundschaft zwischen Cousin und Cousine war bis in den 3. Verwandtschaftsgrad verboten.

Nur einmal war es ihnen gelungen, sich davonzuschleichen. Tahnee, die sich auf Lakena sehr gut auskannte, hatte ihn auf einem kleinen Pfad durch den Dschungel auf eine Lichtung geführt. In der Mitte lag ein Hügel, der von Schlingpflanzen und Büschen überwuchert war.

Auf diesen Hügel steuerte Tahnee zu und fegte mit einem Palmwedel eine kleine Fläche frei, auf der die Blätter und Äste nicht fest verwurzelt, sondern nur aufgelegt waren. Darunter kamen runde Steine zum Vorschein, Stufen, die auf eine Art Terrasse führten.

Malaki streichelte andächtig über die Steine und traute sich kaum zu atmen. Er hatte sofort erkannt, was es war: ein *marae*, einer der heiligen Orte ihrer Vorfahren. Hier hatten die Priester den Göttern Opfer gebracht, um für einen Sieg im Kampf gegen die Feinde zu bitten oder um Schutz vor dem Aufbruch zu weit entfernten Inseln.

»Wie hast du diesen Platz gefunden?«, fragte er.

»Es war Großmutter. Sie ist darüber gestolpert, als sie auf der Suche nach Heilkräutern war. Die Götter haben ihren Fuß geführt, hat sie gesagt«, erzählte Tahnee. »Es gibt niemanden auf Lakena, der diesen Ort kennt.«

Sie zeigte ihm die fast drei Meter hohe und zwei Meter breite Korallenplatte, die die Großmutter vor Jahren unter den Dschungelpflanzen entdeckt hatte. »Es ist ein Schrein für einen unserer alten Götter«, erklärte sie. »Wahrscheinlich für Maui. Ursprünglich stand er mal aufrecht.«

Tahnee liebte diesen Ort, an dem sie schon so oft mit ihren Großeltern gewesen war. Und sie war glücklich, dass auch Malaki die besondere Stimmung spürte. Die meisten Nanumeaer wollten von den alten Göttern nichts mehr wissen, seitdem die Missionare die Tempel und Schreine als Teufelswerk beschimpft und zerstört hatten.

Eng umschlungen saßen sie auf den Stufen des *marae*. Aber irgendwie fühlte es sich eigenartig an, zusammen hier zu sein, an einem Ort, an dem die Geister der Vorfahren noch zu spüren waren. Der Vorfahren, die auch die Freundschaften zwischen Cousins und Cousinen verboten hatten. Und so waren sie kurz darauf schon wieder von dort aufgebrochen und auf getrennten Wegen zum Haus der Großmutter zurückgekehrt. Niemand schien ihre Abwesenheit bemerkt zu haben.

Am nächsten Tag fuhren die Helfer wieder nach Hause und auch Tahnee machte sich auf den Rückweg. In zwei Tagen kam das Schulboot, das sie und alle anderen Jugendlichen, die eine *Secondary School* besuchten, auf die 350 Kilometer entfernte Insel Vaitupu bringen würde, da es auf Nanumea nur eine Grundschule gab.

Die Großmutter begleitete Tahnee an den Strand, wo ihr Kanu lag. Sie umarmte Tahnee, nahm ihre beiden Hände und sagte: »Pass auf dich auf! Und vergiss nicht, dass es Regeln gibt, die man nicht übertreten darf, ohne es hinterher zu bereuen, wenn es zu spät dafür ist. Regeln, die das Leben schützen und nur darum von unseren Vorfahren aufgestellt wurden.«

Tahnee schaute sie erschrocken an, wollte etwas sagen, aber die Großmutter schüttelte nur leicht den Kopf und ging davon, ohne sich noch einmal umzudrehen.

Tahnee stieg in ihr Boot, paddelte einige Meter vom Ufer weg und setzte dann ihr Segel. An der kleinen unbewohnten Insel Lefogaki in der Mitte der Lagune hielt sie an, zog ihr Boot zwischen die Mangrovenwurzeln und setzte sich dann in den Schatten unter den großen Pandanusbaum, um auf Malaki zu warten. Immer wieder hatten sie sich in den letzten zwei Ferienwochen davongeschlichen, waren in ihre Kanus gestiegen, um sich hier zu treffen.

Nur sehr selten kamen andere Boote vorbei. Außerdem gab es viele Kokospalmen und Mangrovenbäume, zwischen denen man sich verstecken konnte, sodass man vom Wasser her nicht zu sehen war.

Aber diesmal wartete Tahnee umsonst, Stunde um Stunde. Malaki kam nicht. Das war noch nie passiert. Irgendwie hatten sie es immer geschafft, sich beide davonzuschleichen.

Als die Sonne am Horizont tiefer sank, gab sie auf und segelte nach Hause. Sie zog ihr Boot an Land, machte noch einen Umweg an seinem Haus vorbei, dann zur Kirche, wo er sich meist mit seinen Freunden zum Volleyballspielen traf, in der Hoffnung, ihm zu begegnen.

Vergeblich.

Er war wie vom Erdboden verschluckt.

5

Am nächsten Abend fand wie immer zum Ende der Ferien ein großes Abschiedsfest, eine *faatele*, statt. Es war der letzte Abend, bevor die Schüler zurück ins Internat nach Vaitupu fuhren. In der großen Versammlungshalle war das Essen aufgebaut worden, zu dem jede Familie etwas beigetragen hatte: gegrillter und geräucherter Fisch, Krabben aus dem Ozean, geräucherte Vögel und ein im *umu*, im Erdofen, gebackenes Schwein, das in frische Bananenblätter eingewickelt wurde. Außerdem gab es reichlich Bananen, frisch und in *toddy* gedünstet, Papayas, *pi*, frischer Kokossaft, und in Kokosmilch gekochte Pulakaknollen und jede Menge Palmwein.

Als Tahnee mit ihrer besten Freundin Salesi in die Halle kam, waren fast alle Bewohner des Atolls bereits dort und unterhielten sich, Kinder liefen herum, die Stimmung war fröhlich wie immer bei einer *faatele*. Zu ihrer Erleichterung sah Tahnee Malaki bei seinen Freunden sitzen.

Nach dem Essen gruppierten sich einige Männer in der Mitte der Halle im Kreis um eine große Trommel. Die übrigen saßen auf den ausgelegten geflochtenen Matten auf dem Boden. Die Männer stimmten einen Gesang an und schlugen dabei mit den Händen auf der Trommel einen immer schneller werdenden Rhythmus. Sie wurden lauter und noch schneller, bis sie einen Höhepunkt erreichten und plötzlich abbrachen.

Dann begrüßte Tahnees Urgroßvater als *ulu aliki*, als Vorsitzender der Gemeinschaft, die Schüler und betonte, wie wichtig es sei, nicht nur das Wissen der westlichen Länder zu kennen, sondern auch die Traditionen der Nanumeaer. Das Wissen der Vorfahren dürfe nicht verloren gehen.

Schließlich kam der Teil des Abends, auf den vor allem Tahnee und ihre Freundinnen gewartet hatten. Sie trugen Kränze aus Blumen auf dem Kopf, bunte Kleider und darüber die traditionellen Grasröcke, die *titi*. Auch Arme und Beine waren durch Blumenbänder geschmückt, um den Hals trugen sie Muschelketten und Ringe aus Muscheln an den Ohren. Zum Gesang der Versammlung ließen sie ihre Hände, Arme und die Hüften kreisen.

Als Nächstes war Malakis Tanzgruppe an der Reihe. Mit ihren nackten Oberkörpern, auf denen die mit Kokosöl eingeriebenen schwarzen Tattoos glänzten, unterbrachen sie den Tanz der Mädchen, indem sie immer wieder dazwischensprangen, wilde Schreie von sich gaben und zur Freude der Zuschauer einen wilden Kriegstanz aufführten.

Tahnee hatte nur Augen für Malaki. Und er tanzte nur für sie. Für kurze Zeit vergaßen sie die vielen anderen Augen im Saal, die sie beobachteten.

Zur großen Verwunderung aller stand nach der Vorführung der *ulu aliki* erneut auf, hob seine Hand, und als alle ruhig waren, begann er mit ernster Stimme: »Wir leben seit Jahrhunderten auf diesem Atoll. Isoliert vom Rest der Welt. Unsere Vorfahren haben daher Regeln aufgestellt, damit unser Volk überleben kann. Diese Traditionen betreffen das Pflanzen von Pulakaknollen genauso wie den Schutz und die Aufteilung des Landes, von dem wir hier auf dem Atoll nur wenig zur Verfügung haben. Und sie betreffen das Zusammenleben der Familien und die Regeln und *tapus*, was die Heirat untereinander betrifft. Wir sind nur wenige Bewohner. Schon unsere Vorfahren wussten, dass ein Volk krank wird, wenn ein Mann und eine Frau, die zu eng miteinander verwandt sind, heiraten und Kinder bekommen. Dadurch werden Krankheiten viel häufiger in die nächste Generation vererbt. Darum haben unsere weisen Vorfahren ein *tapu* verhängt, das bis heute gilt und unser Volk stark gemacht hat: So wie Bruder und Schwester nicht heiraten dürfen, dürfen das bei uns auch nicht Cousin und Cousine bis in den dritten Grad. Darum sollen Cousin und Cousinen nur, wenn es nötig ist, miteinander reden und sich sonst aus dem Weg gehen, damit keine zu große Nähe entsteht. Und wenn sich jemand nicht an die Regeln hält, muss die Gemeinschaft sie durchsetzen zum Schutz für uns alle.«

Der *ulu aliki* schwieg und sah sich in der Halle um.

Alle nickten. Und wunderten sich, warum er etwas erzählte, was doch alle wussten und auch beachteten.

Tahnee warf Malaki, der ihr gegenüber am anderen Ende der Halle saß, einen entsetzten Blick zu. Aber der zuckte nur ratlos mit den Schultern.

Einer nach dem anderen standen die alten Männer auf. Sie sagten nichts Neues, betonten nur in endlos langen Reden, wie wichtig die alten Traditionen für den Fortbestand des Volkes waren.

Alle hörten schweigend zu. Die Älteren nickten wieder, die meisten der Jüngeren sahen zu Boden. Für sie waren solche *tapus* längst nicht mehr selbstverständlich. Viele von ihnen waren jahrelang nur zu den Schulferien nach Hause gekommen oder arbeiteten und lebten in der Hauptstadt auf dem Atoll Funafuti und waren jetzt nur zum Weihnachtsfest auf ihre Heimatinsel zurückgekommen.

Aber sobald sie hier waren, galten die alten Regeln. Wer Teil der Gemeinschaft bleiben wollte, musste die neuen Gewohnheiten an Bord des Fährschiffes lassen, bevor er den Boden von Nanumea betrat.

Auch Tahnee hatte schweigend und mit gesenktem Kopf auf ihrer Matte gesessen und gehofft, dass die Versammlung bald zu Ende ging. Sie schaute zu Malaki, er wollte aufstehen, sie schüttelte den Kopf. Vielleicht täuschten sie sich ja und das Thema war ganz zufällig gewählt worden und hatte nichts mit ihnen zu tun.

Während Tahnee immer mehr in sich zusammenkroch und sich ganz weit weg wünschte, wurde Malaki immer unruhiger. Tahnee beobachtete mit Sorge, wie er auf seiner Matte hin und her rutschte, die Faust ballte und sich kaum noch beherrschen konnte. Und dann hielt er es nicht länger aus. Niemand hatte damit gerechnet, dass er aufstehen würde, um selbst eine Rede zu halten. Denn nur die alten Männer durften reden.

Er versuchte zu erklären, dass Tahnee und er die Regeln kannten und respektierten. Aber sie hätten sich einfach nur verliebt. »Und in anderen Ländern dürfen sogar Cousin und Cousine 1. Grades heiraten und Kinder bekommen!«, schloss er, bevor der *ulu aliki* ihn unterbrechen konnte.

Tahnee wäre beinahe im Boden versunken, als Malaki seine Worte wütend durch den Raum geschleudert hatte. Und auch die meisten Dorfbewohner, die auf dem Boden saßen und zuhörten, sahen sich betroffen an. Jugendliche durften nicht reden. Das war respektlos.

Tahnee sah, wie Malaki sich mit gesenktem Kopf wieder hinsetzte und sprang nun selbst auf. Auch das war ein *tapu-*

Bruch. Frauen durften erst recht nicht bei einer Versammlung reden.

Aber bevor Tahnee etwas sagen konnte, fingen die Männer auf ein Zeichen des *ulu aliki* an, mit ihren Händen auf die große Trommel einzuschlagen, schneller und immer schneller, bis der Rhythmus sich fast überschlug und dann plötzlich abbrach.

Tahnee setzte sich mit zittrigen Beinen wieder auf ihre Matte. Sie blieb wie erstarrt sitzen, während alle anderen auffallend leise aufstanden und davongingen.

Plötzlich hockte sich Malaki vor sie hin. Er legte seine Hand auf ihren Arm und flüsterte: »Mach dir keine Sorgen! Es wird alles gut. Sie werden sich schon beruhigen.«

Tahnee nickte, traute sich aber nicht, ihn anzusehen. Als sie es schließlich wagte, den Blick zu heben, waren alle anderen schon gegangen. Nur der *ulu aliki*, der nicht nur ihr Urgroßvater, sondern auch der Onkel von Malaki war, stand noch lange mit ihrer Mutter beisammen und redete auf sie ein. Dann kamen beide auf sie zu.

Ohne lange Vorrede verkündete er, was die Ältesten beschlossen hatten: Tahnee durfte nicht zurück an die Schule. Malaki oder Tahnee. Nur einer von ihnen konnte fahren. Und da Malaki kurz vor seiner Abschlussprüfung stand und das Dorf eine Menge Geld in seine Ausbildung gesteckt hatte, fiel die Wahl auf ihn.

Tahnee wollte protestieren, wollte sogar versprechen, Malaki nie wieder alleine zu treffen.

Aber ihr Urgroßvater schaute ihr nur fest in die Augen und meinte: »Versprich nichts, was du nicht halten kannst. Ende des Schuljahres macht Malaki seinen Abschluss und geht nach Amatuku auf die Seemannsschule. Dann kannst du zurück nach Vaitupu.«

Wie betäubt ging Tahnee neben ihrer Mutter, die den ganzen Weg über kein Wort sagte, nach Hause. Sie war sich so sicher gewesen, dass niemand etwas bemerkt hatte.

Vielleicht zu sicher? Auf Nanumea kannte jeder jeden und niemand konnte etwas tun, ohne dass es nicht kurze Zeit später zum Dorfgespräch wurde. Waren sie beobachtet worden, wenn sie sich heimlich auf Lefogaki trafen?

Oder war es doch ihre Freundin Laisa gewesen, die sie zusammen mit Malaki vor ein paar Wochen am Strand in der Nähe der Schule erwischt hatte? Hatte sie ihrer Mutter oder einer Tante oder sogar dem *ulu aliki* davon berichtet? Tahnee wusste, dass Laisa selbst in Malaki verliebt war. Aber würde sie so weit gehen und sie verraten?

6

Als Tahnee am nächsten Morgen durch das Krähen der Hähne aufwachte und den vertrauten Geruch des Feuers roch, auf dem die Mutter das Frühstück kochte, schien für einen kurzen Moment der vorige Abend nur Teil eines schrecklichen Albtraums zu sein.

Sie stand auf, um wie jeden Morgen der Mutter zu helfen. Aber statt einer fröhlichen Begrüßung drückte ihr die Mutter nur wortlos die Schale mit *paw paw* und einigen Stücken gegrilltem Hühnerfleisch vom Vortag in die Hand.

»Petala, Nouma, aufstehen!«, rief sie dann. »Ihr müsst eure Sachen für die Schule noch packen!«

Tahnee biss die Zähne zusammen. Sie setzte sich mit ihrer Schale vor dem Haus auf die Treppe, damit die Mutter ihre Tränen nicht sah. Es war kein Albtraum gewesen: Das Boot würde ohne sie ablegen!

Als die Mutter zwei Stunden später mit Petala, ihrer Schwester und ihren kleinen Brüdern zum Hafen ging, saß Tahnee immer noch regungslos auf der Treppe und starrte vor sich hin.

Sie schaute ihnen nach, bis sie hinter den Bäumen verschwunden waren.

Dann lief sie hinter ihnen her, bis zu dem Seitenweg, der zu ihrem Kanu führte. Sie setzte sich hinein und holte aus einem Kasten ein Fernrohr hervor, ein Geschenk ihres Vaters von einer seiner Reisen.

Von ihrem Versteck aus konnte sie die vielen Menschen am Bootssteg sehen. Das Ende der Weihnachtsferien und der damit verbundene Abschied von den Kindern war für alle eines der wichtigsten Ereignisse des Jahres, sodass sich ein großer Teil der Einwohner am Steg versammelt hatte. Jeder kannte jeden und nahm am Leben der anderen Familien teil, als wäre es das eigene. Auf einem Atoll mitten im Südpazifik 3.900 Kilometer nordöstlich von Australien und Hunderte Kilometer von der nächsten bewohnten Insel entfernt, waren alle aufeinander angewiesen in guten und in schlechten Zeiten.

Es flossen viele Tränen, denn es würde Monate dauern, bis die Kinder am Schuljahresende zurückkamen. Besuche der Eltern auf der Schulinsel waren kaum möglich, das Fährboot, die einzige Verbindung zu den übrigen neun Atollen von Tuvalu, lief Nanumea nur alle paar Wochen an.

Tahnee kannte sie alle, die dort standen: ihre Mutter, ihre Tanten, einige Onkel, Cousinen, Cousins. Auf irgendeine Weise war sie mit jedem verwandt. Mit ihrem Fernglas wanderte sie durch die Gruppe der Schüler, die an Deck der Nivaga standen und ihren Verwandten zuwinkten.

Malaki hatte die Hand über die Augen gelegt und schaute zum Bootssteg hinüber. Tahnee wusste, dass er nach ihr Ausschau hielt. Er hatte ja keine Ahnung, dass sie heute nicht kommen würde.

Tränen liefen über ihr Gesicht. Durch das Fernglas war er ihr so nah, als müsste sie nur die Hand ausstrecken, um ihn zu berühren.

Sie sah, wie ihr Bruder Petala sich neben ihn stellte. Er war Malakis bester Freund und sofort redete Malaki auf ihn ein. Für einen Moment hoffte Tahnee, dass Petala ihm erklärte, warum sie nicht mitfuhr. Aber ihr Bruder zuckte nur mit den

Achseln und drehte sich um. Mutter hatte ihm verboten, darüber zu reden, bevor das Boot abgelegt hatte. Tahnee hatte gehört, wie sie zu Petala sagte: »Der *ulu aliki* fürchtet, dass Malaki nicht fahren wird, wenn er zu früh erfährt, dass Tahnee zu Hause bleiben muss.«

Malaki stand immer noch dort und schaute suchend zum Ufer. Und da fasste Tahnee einen Entschluss, der ihr mit Sicherheit neuen Ärger einbringen würde. Sehr großen Ärger sogar. Aber schlimmer als jetzt konnte es nicht werden.

Sie setzte ihr Segel und fuhr so schnell der Wind es erlaubte, zur Fahrrinne, dorthin, wo die Nivaga sie auf ihrem Weg durch die Passage, die zum offenen Meer führte, kreuzen musste. In der Fahrrinne angekommen, holte Tahnee ihr Segel ein und wartete.

Sie beobachtete, wie das Fährboot den Anker hochzog, wie ihre Freunde an Bord ihren Eltern und Verwandten ein letztes Mal zuwinkten.

Die Nivaga kam näher, hinter sich eine schäumende Heckwelle. Tahnee entdeckte Malaki ganz vorne am Bug. Zuerst schien er sie nicht zu bemerken, aber plötzlich hob er beide Arme und winkte ihr zu. Tahnee sprang auf, sodass ihr Boot gefährlich zu schlingern begann. Sie umklammerte mit der einen Hand den Mast, mit der anderen winkte sie zurück.

Dann straffte sie ihr Segel und folgte der Nivaga, bis sie in die breite Passage einbog, die die Amerikaner während des Zweiten Weltkrieges für ihre Kriegsschiffe vom Ozean durch das Korallenriff bis in die innere Lagune gestochen hatten.

In diesem Moment sah sie das Patrouillenboot ihres Vaters, das vom Meer kommend langsam in die Lagune einbog. Ein letztes Mal winkte sie Malaki zu, dann riss sie ihr Segel herum und segelte weiter auf die Lagune hinaus.

Hoffentlich hatte ihr Vater sie nicht gesehen!

Nachdem, was gestern auf dem Abschiedsfest passiert war, war Tahnee sehr erleichtert gewesen, dass ihr Vater nicht hatte dabei sein können.

Ihr Vater war lange Zeit auf Containerschiffen unterwegs gewesen. Und als er schließlich nach zwanzig Jahren, in denen er immer nur für wenige Wochen im Jahr zu Hause war, zurückkam, hatte er es nicht lange in der Enge der Gemeinschaft von Nanumea ausgehalten. Und so hatte er schon wenige Wochen später als Offizier auf einem der Patrouillenboote der Regierung angeheuert.

Was würde er sagen, wenn er erfuhr, dass sie das Schuljahr nun nicht beenden konnte? Bisher war er immer so stolz auf sie gewesen. Sie könnte die Erste aus der Familie sein, die eines der Stipendien für die Universität erhielt.

Tahnee wusste, dass das Patrouillenboot ihres Vaters morgen schon wieder auslaufen würde. Sie beschloss daher, an diesem Abend nicht nach Hause zu gehen, sondern nach Lakena zu ihrer Großmutter zu segeln. Und wenn ihr Vater das nächste Mal zurückkam, würde die größte Aufregung vorbei sein. So hoffte Tahnee zumindest.

In der Lagune waren viele Boote unterwegs. Eltern, die ihre Kinder zum Schiff gebracht, Geschwister und Verwandte, die Abschied genommen hatten und auf dem Rückweg zu ihren Dörfern auf den anderen Inseln des Atolls waren. Ihnen wollte sie auch nicht begegnen. Sie fürchtete sich vor ihren Blicken, denn inzwischen, da war Tahnee ganz sicher, wussten alle, was der *ulu aliki* mit den Ältesten beschlossen hatte.

Daher steuerte Tahnee zunächst Lefogaki in der Mitte der Lagune an, um dort zu warten, bis alle zurückgekehrt waren. Sie setzte sich in den warmen Sand und schaute auf die Wellen. Ihre Gedanken aber waren bei Malaki, der sich mit jeder Minute weiter von ihr entfernte. Wann würde sie ihn wiedersehen? Vielleicht überhaupt nie mehr.

Tahnee wusste nicht, wie lange sie so in Gedanken versunken auf Lefogaki verharrt hatte, als sie plötzlich Motorgeräusche hörte, die näher kamen. Sie erkannte das Boot ihres Onkels Wawe.

»Tahnee, was machst du hier?«, rief er ihr zu.

»Ich will zu Großmutter.«

»Hast du zu Hause Bescheid gesagt?«

Tahnee schüttelte den Kopf. »Ich habe Vaters Boot gesehen. Da habe ich mich nicht getraut ... Er wird sehr enttäuscht sein!«

Ihr Onkel nickte. »Das hättest du dir vorher überlegen sollen. Du kennst doch die Regeln!« Dann holte er ein Seil aus seinem Boot und befestigte Tahnees Kanu am Heck. »Bis zum Wochenende kannst du auf Lakena bleiben. Dann musst du aber zurück«, sagte er. »Davonlaufen hilft nicht!«

Tahnee nickte erleichtert. Ihr Onkel hatte ihr und ihren Geschwistern schon oft geholfen, gerade in den Jahren, als ihr Vater noch monatelang auf den Weltmeeren als Seemann unterwegs gewesen war. Er war der Bruder ihrer Mutter, in der Tradition ihres Volkes ihr *tuatina*, der sie beschützte, wann immer sie in Schwierigkeiten war.

»Festhalten!«, rief er ihr zu und gab Gas. Tahnee klammerte sich an den Rand ihres Bootes, während sie über die Lagune flogen.

Als sie die Insel erreichten, war es bereits dunkel geworden. Sie zogen die Boote an Land und machten sich auf den Weg zum Haus von Onkel Wawe. Es war, anders als die Häuser in Tahnees Dorf, noch mit Palmwedeln bedeckt. Aber vor dem Haus lagen schon die Wellblechplatten, durch die er die Wedel ersetzen wollte. Auch auf Lakena waren die Dürreperioden in den letzten Jahren länger geworden. Und mithilfe des Wellblechdaches ließ sich Regenwasser auffangen, das dringend zum Trinken und Kochen benötigt wurde.

Als sie eintraten, saß die Familie ihres Onkels beim Essen. Ihre beiden Cousins kreischten begeistert auf, als sie Tahnee sahen, und umarmten sie fröhlich. Anders als sonst begrüßte Tante Haufia sie nur mit einem kurzen Kopfnicken. Offenbar wusste auch sie schon, was gestern Abend in der Versammlung passiert war.

»Wie lange bleibst du?«, fragte sie.

»Die nächsten Monate!«, wollte Tahnee am liebsten rufen, aber sie wusste selbst, dass das nicht möglich sein würde.

»Sie bleibt nur bis zum Wochenende. Dann bringe ich sie zurück. Morgen geht sie zu Großmutter«, erklärte Onkel Wawe und setzte sich auf seine Matte, auf der die Tante schon die gefüllten Schalen und Teller hingestellt hatte.

Tahnee hockte sich neben ihre beiden Cousins und griff mit den Händen nach dem Fisch. Die Kinder plapperten fröhlich weiter, ihre Tante und Onkel Wawe waren ungewohnt schweigsam. Obwohl sie sehr hungrig war, bekam sie kaum etwas hinunter und wünschte sich, sie wäre ihrem Onkel nicht begegnet.

Nach dem Essen legte sie sich mit den Kindern auf die Schlafmatten in einer Ecke des Hauses. Die Kleinen waren sofort eingeschlafen, während Tahnee wach lag und hörte, wie ihre Tante und ihr Onkel miteinander flüsterten. Auch wenn sie nicht alles verstand, wusste sie, dass sie über sie sprachen.

Als alle eingeschlafen waren, stand Tahnee auf, nahm ihre Matte, setzte sich an den Strand und schaute hinaus auf das Meer, das im Schein des Mondes leuchtete. Es war ganz still, nur die Wellen plätscherten leise ans Ufer.

Und irgendwo da draußen war ihr Großvater in seinem Boot, falls er noch lebte. Was ihr Sorgen machte, war der Mond. In drei Tagen war Vollmond. Darauf hatte sie als Kind immer gewartet. Sie liebte diese große gelbe Kugel am Himmel, die die dunkle Nacht erleuchtete. Aber seit einiger Zeit fürchtete sie sich davor. Denn der Sturm und die Monsterwellen kamen immer mit dem Vollmond. Und jede neue Flut brachte ihren Großvater in neue Gefahr.

Aber vielleicht war er ja längst von einem dieser großen Fischfangschiffe, die regelmäßig in den Gewässern um Tuvalu unterwegs waren, gerettet worden.

Solange sie denken konnte, war er immer da gewesen, wenn sie kam. Und sie wollte weiter daran glauben, dass es nur eine Frage der Zeit war, dass er sich von irgendwo meldete, fröhlich lachend: »Du weißt doch, es gibt keinen auf der Insel, der das Meer besser kennt.«

7

Am nächsten Morgen erwachte Tahnee sehr früh, alle anderen schliefen noch. Ohne sich zu verabschieden, machte sie sich auf den Weg zu ihrer Großmutter.

Wie Tahnee es erwartet hatte, war die Großmutter auch schon auf den Beinen. Es war Freitag, und gleich würde der erste Katamaran, der zwischen der Hauptinsel und Lakena verkehrte, ankommen und mit ihm die Männer, die von allen Dörfern des Atolls nach Lakena fuhren, um auf ihren Grundstücken Pulakaknollen, Pandanüsse, Bananen und anderes Obst fürs Wochenende zu ernten.

Manchmal kamen auch Frauen mit ihren Kindern mit, um sich von Großmutter medizinisch versorgen zu lassen. Tahnees Großmutter war die Einzige, die sich noch mit der Medizin der Vorfahren auskannte, der viele der Bewohner mehr vertrauten als der Medizin der *palagi*, der Weißen. Bei Asthma presste die Großmutter den Saft der Nonufrucht durch ein Tuch, mischte es mit Wasser und gab es den Kranken zum Trinken. Fieber bei Kindern heilte sie, indem sie die Wurzel der Pandanus zerstampfte und mit Kokosblättern mischte. Eine geriebene Kokosnuss und der innere Teil eines Pandanusblattes halfen bei einer Fischvergiftung.

Tahnee hatte ihr oft bei der Zubereitung geholfen und zur Freude der Großmutter kannte sie sich inzwischen ebenfalls sehr gut mit den alten Rezepten aus. »Du solltest Ärztin werden«, hatte die Großmutter eines Tages gemeint. »Und dann kannst du die Medizin deiner Vorfahren mit der Medizin der *palagi* verbinden.«

Wie immer, wenn Tahnee kam, stellte die Großmutter weder unangenehme Fragen, noch machte sie ihr irgendwelche Vorwürfe. So auch an diesem Tag. Vielleicht wusste sie bereits, was passiert war, und vielleicht auch nicht. Es machte keinen Unterschied.

»Schön, dass du da bist«, rief die Großmutter ihr lächelnd zu, während sie von einem ihrer Pandanusbäume Blätter abpflückte. »Könntest du für mich ein paar Kokosnüsse vom Baum holen?«

Tahnee sprang auf, steckte das große Messer, mit dem sie die Kokosnüsse abschlagen musste, in ihre Hose und kletterte den Stamm hoch.

In diesem Moment kamen zwei Frauen aus dem Dorf auf den Platz vor dem Haus. Eine trug ein Kind im Arm.

»Es hat Fieber!«, sagte sie, als Großmutter sie begrüßte.

»Achtung!«, schrie Tahnee, die von den Frauen nicht bemerkt worden war, von oben, als die ersten Kokosnüsse heruntersausten. Die Frauen sprangen erschrocken zur Seite.

Tahnee machte sich an den Abstieg. Sie sah, wie die Großmutter den beiden Frauen ein gefaltetes Bananenblatt in die Hand drückte, in dem sich die Fiebermedizin befand. Dann verabschiedeten sie sich hastig, ohne wie sonst noch eine Schale *pi* zu trinken.

»Morgen weiß es schon die ganze Insel, dass du bei mir *toddy* erntest«, meinte die Großmutter, als Tahnee ihr die gefüllte Schale überreichte. »Kokosnüsse ernten ist nun mal Männersache.« Sie zwinkerte Tahnee zu.

Tahnee musste lachen. Sie war sechs, als der Großvater sie das erste Mal mit auf den Baum genommen hatte, und inzwischen kletterte sie besser als ihr Bruder Petala.

Nach dem Essen saßen sie beisammen und flickten die Matten, die der letzte Sturm zerrissen hatte. Schon als Kind hatte Tahnee gelernt, wie man die getrockneten Pandanusblätter zu einer festen Matte verwebte.

Während sie arbeiteten, erzählte die Großmutter die Geschichten aus der Zeit der Vorfahren, mit denen Tahnee aufgewachsen war. Jeden Abend vor dem Schlafengehen hatte die Großmutter davon erzählt. Von den Göttern Maumau, Folaha, Maangai, Laukite, Te feke und Te Lahi. Von der Entstehung der Welt und von Tefolaha, dem Stammvater aller Nanumeaer, der vor fünfhundert Jahren aus Tonga angereist war.

Tahnee liebte es immer noch, ihr zuzuhören, obwohl sie die meisten Geschichten schon auswendig kannte und sie selbst abends oft ihren Brüdern erzählte. Es war eine geheimnisvolle Welt, in die man eintauchen konnte, gerade dann, wenn man die eigene Welt für eine Weile vergessen wollte.

Bevor sie sich schlafen legten, holte die Großmutter eine ausgehöhlte Kokosschale, ihren *mataili*, hervor, füllte ihn mit klarem Kokoswasser, schüttelte ihn sanft und starrte dann minutenlang hinein. Auch Tahnee saß bewegungslos da und schaute ihre Großmutter erwartungsvoll an. Die Großmutter hatte ihr erklärt, dass die Kokosnuss den Göttern heilig war und darum ließen sie den, der die Gabe besaß, manchmal einen Blick in die Zukunft tun.

Lange saßen beide bewegungslos da. Dann hob die Großmutter die Augen und sagte: »Es wird alles gut. Am Ende wirst du deinem Herzen folgen. Aber du musst geduldig sein.«

»Und wenn mein Herz die falsche Entscheidung trifft?«

Die Großmutter lächelte. »Ich glaube nicht, dass das passieren wird. Und wenn doch, dann weißt du ja, wo du mich finden kannst.«

»Was sagt dein *mataili* über Großvater?«, wollte Tahnee wissen.

»Ich weiß es nicht. Weil man selbst ganz frei von Wünschen sein muss, damit man klar sehen kann.«

An diesem Abend lag Tahnee noch lange wach. Selbst der Gedanke an Malaki tat hier nicht mehr so weh. Am Ende würde alles gut werden, denn ihrem Herzen zu folgen, hieße ja, sie würde mit Malaki trotz aller Widerstände zusammenbleiben können.

8

Die Tage vergingen, kein Vater kam, auch kein Onkel Wawe. Lakena war immer schon Tahnees kleines Paradies gewesen, wohin sie sich zurückziehen konnte, wenn es Probleme gab, mit den Eltern, in der Schule. Sie wusste, dass sie irgendwann zurückgehen musste. Aber die Großmutter war froh, dass sie da war. Und so hatte sie auch nur einmal gesagt: »Du wirst den Moment spüren, wann du zurückgehen musst.« Und das Thema wurde nicht mehr erwähnt.

Erst zwei Wochen später stand auf einmal der Vater vor dem Haus, auf seinem Rücken ein riesiger Rucksack, gefüllt mit Pulakaknollen, in der einen Hand einen Spaten, in der anderen ein großes Bündel frisch geernteter Bananen.

Sie hatten ihn nicht kommen hören. Tahnee schrie leise auf und starrte ihn erschrocken an. Vor dieser Begegnung hatte sie sich gefürchtet.

Die Großmutter stand auf und begrüßte ihn. »Ich habe frischen *toddy* gemacht.«

Tahnee wusste nicht, was sie sagen sollte. Verlegen schaute sie auf den Boden. Schließlich sprang sie auf und holte eine ausgehöhlte Kokosnussschale, die die Großmutter mit *toddy* füllte. »Es tut mir leid!«, flüsterte sie, als sie ihm die Schale reichte.

Doch was immer sie befürchtet hatte – das große Donnerwetter, die Vorwürfe, die enttäuschten Blicke – all das blieb zu Tahnees Erstaunen aus.

Stattdessen nahm er wortlos die Schale mit dem *toddy* entgegen und trank.

»Was machst du hier?«, wollte die Großmutter wissen.

»Mein Vater hat mich gebeten, eine Weile hierzubleiben und ihm bei der Vorbereitung des Abschiedsfestes zu helfen. Nach dem großen Sturm werden uns drei Familien verlassen und nach Neuseeland auswandern.« Und zu Tahnee sagte er: »Du solltest auch mitkommen und bei der Vorbereitung helfen.«

»Sie kann doch hierbleiben!«, meinte die Großmutter. »Ich bin froh, wenn ich eine Hilfe habe.«

»Du weißt, dass das nicht geht. Dann schließt sie sich ganz von der Gemeinschaft aus. Ich bin nicht einverstanden mit der Entscheidung der Ältesten. Ich fahre zur See, damit meine Kinder zur Schule gehen können. Ja, sie hat einen Fehler gemacht. Genauso wie Malaki. Aber deshalb ihre Zukunft aufs Spiel zu setzen, das ist nicht richtig.« Die Stimme des Vaters bebte vor Zorn. Aber nicht wegen Tahnee, sondern wegen des Ältestenrates, der ohne ihn über die Zukunft seiner Tochter entschieden hatte.

Tahnee fiel ein riesiger Stein vom Herzen. Was hatte sie sich vor ihrem Vater gefürchtet! Und nun machten ihr seine Worte sogar wieder Hoffnung. Aufgeregt sprang sie auf. »Kann ich jetzt doch zur Schule?«

Aber der Vater schüttelte den Kopf. »Ich sage nicht, dass es falsch war, euch zu trennen. Du kennst den Grund für das *tapu*! Aber es war falsch, deine Ausbildung zu unterbrechen! Wir finden einen anderen Weg, damit du nicht zu viel versäumst.«

Tahnee setzte sich enttäuscht wieder hin. Sie hatte Tränen in den Augen. Für einen kurzen Moment hatte sie gehofft, dass sie das nächste Schiff nach Vaitupu nehmen könnte.

»Auch deine Freundin Salesi wird uns verlassen. Ihr Vater hat das Visum für Neuseeland bekommen«, fuhr der Vater fort.

»Salesi?« Tahnee starrte ihren Vater entsetzt an. »Sie ist doch zur Schule gefahren!«

»Ist sie nicht. Sie ist hier und hat schon mehrmals nach dir gefragt. Du solltest mit mir zurückkommen, wenn du sie noch sehen willst.«

Tahnee konnte es nicht fassen. »Aber warum wollen sie gehen? Das verstehe ich nicht! Ich werde niemals von hier weggehen!«

»Warum?«, fragte der Vater. »Wach auf, Tahnee. Du weißt doch selbst, dass es immer schwieriger wird, hier zu leben. Ich möchte auch hierbleiben. Dies ist meine Heimat. Aber ich fürchte, auf Nanumea gibt es auf Dauer keine Zukunft für uns. Hast du nicht gemerkt, dass einer unserer *pits* vollkommen versalzen ist? Das Meerwasser hat die Süßwasserlinse unter der Insel vergiftet. Und der Meeresspiegel wird weiter steigen. Ich war kurz am Strand, wie ich das immer mache, wenn ich hier bin. Jedes Mal ist er kleiner geworden. Das Land wird vom Meer gefressen. Die Kokospalmen kippen um, weil die Wurzeln freigespült werden und versalzen und die Bäume nicht mehr tragen können. Und die Monsterwellen kommen jetzt schon monatlich. Das Wasser kommt immer öfter sogar in die Häuser gelaufen … Und wir können nichts dagegen machen, außer …« Er brach ab.

Tahnee schaute ihn erschrocken an. Noch nie hatte der Vater eine so lange Rede gehalten.

»Lass uns ein andermal weiterreden. Ich bin müde!«, sagte er, stand auf und legte sich in eine Ecke auf eine Matte zum Schlafen.

Großmutter saß bewegungslos mit gesenktem Kopf da. »Er hat ja recht«, murmelte sie leise, sodass Tahnee sich anstrengen musste, um sie zu verstehen. »Ich kann die Zeichen ja auch lesen. Die Fische, die immer weniger werden, der Wind, der ohne Vorwarnung plötzlich zum Sturm wird. Die Lagune, in der man nicht mehr tauchen kann, weil das Seegras einen bösen Ausschlag verursacht.«

»Aber was können wir tun? Was hat Vater gemeint?«

»Ich fürchte, er will mit euch auch weggehen. So wie deine Freundin Salesi. Aber ich werde nicht auswandern. Ich bin hier auf Nanumea geboren und werde hier sterben, und wenn unsere Heimat versinkt, dann gehe ich eben mit ihr unter.«

Tahnee legte den Arm um sie. Sie glaubte nicht, dass der Vater wirklich auswandern wollte. Und ihre Mutter würde bestimmt nicht mitgehen. Jedes tägliche Abendgebet, zu dem sich die ganze Familie versammelte, beschloss sie mit den Worten aus der Bibel, die Gott nach der großen Flut zu Noah gesagt hatte: »Nie wieder sollen alle Wesen aus Fleisch vom Wasser der Flut ausgerottet werden; nie wieder soll eine Flut kommen und die Erde verderben.«

Und an Abenden wie diesem, wenn alles irgendwie hoffnungslos erschien, klammerte sich auch Tahnee an diese Worte.

9

Bereits am nächsten Tag fuhr Tahnee mit ihrem Vater zurück. Kurz nachdem sie Nanumea erreicht hatten, verabschiedete sie sich von ihm, um bei Salesi vorbeizuschauen. Der Weg zu Salesis Haus führte sie am *fusi* vorbei, dem einzigen Dorfmarkt der Insel, wo man vor allem aus dem Ausland importierte Produkte bekam wie Reis und Mehl, Corned Beef und andere Dosennahrung, T-shirts, Messer, Töpfe und Hefte für die Schule.

Vor dem *fusi* trafen sich die Dorfbewohner aber auch, um den neuesten Klatsch auszutauschen. Als Tahnee sich dem *fusi* näherte, verstummten alle, die vorher noch laut und fröhlich geplaudert hatten. Sie schauten sie schweigend an, während Tahnee mit gesenktem Kopf an ihnen vorbeiging.

Das Grundstück von Salesis Eltern lag unmittelbar am Strand und man konnte die Male, an denen ihr Haus überschwemmt worden war, schon gar nicht mehr zählen. Und jedes Mal wurde ein Teil des Landes ins Meer gespült.

Tahnee stand eine Weile da und beobachtete ihre Freundin, die ihrer Mutter beim Packen der Kisten half und so beschäftigt war, dass sie Tahnee zunächst gar nicht bemerkte. Viel konnten sie nicht mitnehmen, auf das Haus würde ein Nachbar aufpassen und es so pflegen, dass die Familie jederzeit wieder einziehen konnte.

Denn alle hofften, dass sie zurückkommen würden, auch wenn keine der bisher nach Neuseeland, Australien oder auf die Fidschi-Inseln ausgewanderten Familien auch nur zu Besuch zurückgekommen waren. Es war zu teuer und die Anreise zu weit.

Neuseeland, das hieß nicht: ein Abschied für ein paar Wochen oder Monate und dann würde man sich wiedersehen. Neuseeland, das hieß: ein Abschied für immer.

Als Salesi Tahnee sah, lief sie auf sie zu und umarmte sie. »Ich bin so froh, dass du gekommen bist!«, sagte sie und wischte sich die Tränen aus dem Gesicht.

»Ich kann noch gar nicht glauben, dass ihr wegzieht«, sagte Tahnee traurig.

»Ich auch nicht«, erwiderte Salesi. »Aber Vater will einfach nur noch weg von hier. Seit dem Sturm redet er von nichts anderem mehr. Wir haben Glück gehabt bis jetzt, sagt er. Aber schon beim nächsten Sturm kann das anders sein und einer von uns kommt zu Tode. Und dann ist es zu spät. Die Zusage für das Visum kam an dem Morgen, als das Schiff nach Vaitupu ablegen sollte.«

Da jeder Dollar für die Auswanderung gespart werden musste, wollte Salesis Vater sich das Schulgeld für seine Tochter sparen, weil sie ohnehin in Neuseeland einen Neuanfang machen musste. Damit sie aber trotzdem weiterlernen konnte, bekam Salesi Nachhilfe von Mila, einer Cousine, die als Lehrerin an der Grundschule unterrichtete.

Als Tahnee Salesi ein paar Tage später zur Schule begleitete, war Mila sofort bereit, auch Tahnee zu unterrichten. »Darfst du denn zurück zur Schule?«, wollte sie nur wissen.

Tahnee merkte ihr an, dass sie die Entscheidung der Ältesten nicht gut fand, sich aber nicht traute, es laut zu sagen. »Im nächsten Schuljahr, sagt Vater. Aber das bedeutet, dass ich die Prüfungen nachholen muss. Und das schaffe ich nicht alleine. Ich will doch Ärztin werden. Und dafür brauche ich ein Stipendium.«

Die Mutter war nicht begeistert. Sie hatte Tahnee schon für die nächsten Wochen als Hilfe im Haushalt und bei der Betreuung der kleinen Geschwister fest eingeplant. Aber sie hatte die Unterstützung des Vaters, für den die Schulbildung seiner Kinder an oberster Stelle stand und dagegen konnte auch die Mutter nichts sagen.

Mila hatte sich mit den Lehrern auf Vaitupu, die sie noch aus ihrer eigenen Schulzeit dort kannte, in Verbindung gesetzt und sich Themen und Arbeitsbögen schicken lassen. Die Schulen auf Tuvalu hatten einen Internetzugang, auch wenn die Verbindung nur langsam funktionierte und zwischendurch immer wieder komplett ausfiel.

Für den Mathe- und Physikunterricht hatte Mila Niua, einen Cousin, um Unterstützung gebeten. Er war ein Freund von Malaki, zwei Jahre älter als dieser, und betreute das Tsunamifrühwarnsystem auf dem Atoll. Außerdem arbeitete er für ein internationales Projekt über Windenergie. Er war sofort bereit zu helfen, und kam dreimal in der Woche in die Schule, um die Arbeitsblätter mit den Mädchen durchzugehen.

Wenn Salesi und Tahnee nicht gerade von Mila oder Niua unterrichtet wurden oder ihre Zeit beim Helfen im Haushalt verbrachten, trafen sie sich nachmittags auf der ehemaligen Flugzeuglandebahn aus dem 2. Weltkrieg. Dort waren nun Volleyballnetze aufgespannt und der Platz wurde genutzt, um Fußball oder das traditionelle Anospiel zu spielen.

Eines Abends, als Tahnee nach einem Anospiel nach Hause ging, folgte Niua ihr auf dem Mofa. Er bremste neben ihr ab und ging zu Fuß weiter.

»Hast du schon etwas von Malaki gehört?«, fragte er.

Tahnee schüttelte den Kopf.

»Aber ich. Ich soll dir Grüße bestellen. Er hat mich gefragt, ob du meinen Computer benutzen kannst, um ihm zu schreiben.«

Tahnee zögerte. Konnte sie Niua trauen? Obwohl er wusste, was Malaki für sie bedeutete, hatte er schon häufiger versucht, mit ihr zu flirten. Da sie aber so froh war, dass Malaki sich endlich gemeldet hatte, schob sie ihre Bedenken beiseite. »Wie geht es ihm?«

»Er hat schon mehrmals geschrieben, aber unser Internet ist seit dem letzten Sturm komplett ausgefallen. Die Anlage funktioniert erst seit zwei Tagen wieder. Möchtest du ihm schreiben?«

Tahnee nickte. Sie konnte es kaum glauben. Endlich konnte sie Malaki alles erklären.

»Also abgemacht. Komm morgen nach der Schule in mein Büro im Kraftwerk.«

Vor Aufregung konnte Tahnee die ganze Nacht nicht schlafen.

Als sie am nächsten Morgen Salesi davon erzählte, schaute sie Tahnee mit großen Augen an. »Bist du sicher? Und wenn er wirklich was von dir will? Oder wenn euch ein Kollege von ihm sieht? Das weiß dann am nächsten Tag jeder im Ort. Du hast jetzt schon nicht den besten Ruf.«

»Aber ich muss Malaki schreiben! Verstehst du das nicht? Warum kommst du nicht mit?«

Niua war nicht sehr begeistert, als er am Nachmittag Salesi sah. »Was willst du denn hier? Geh lieber nach Hause. Das kann dauern.«

»Ich habe viel Zeit. Meine Matheaufgaben kann ich auch hier machen. Wir müssen nachher noch zusammen zur Chorprobe gehen.«

Niua hatte bereits eine E-Mail-Adresse für Tahnee eingerichtet und zeigte ihr, wie sie eine Mail schreiben konnte. »Nun musst du nur noch deine Nachricht schreiben und ich schicke sie dann anschließend für dich ab.«

Dann saß sie vor der leeren Mail und wusste nicht, wie sie anfangen sollte. Niua, der sie beobachtete, obwohl er so tat, als würde er in seinen Unterlagen lesen, machte sie ganz nervös.

»Der Anfang ist schwer, was?«, fragte er auf einmal. »Soll ich ein Foto von dir machen und das schickst du ihm dann ohne viele Worte? Dann weiß er, dass du an ihn denkst und wird bestimmt sofort antworten.«

Tahnee übersah die warnenden Blicke von Salesi und lächelte in die Kamera von Niuas Handy. Fasziniert schaute sie zu, wie er das Foto in seinen Computer überspielte und es dann in ihre Mail einsetzte.

»So, jetzt nur noch ein Gruß und dann schicke ich sie für dich ab«, sagte er und ging an seinen Schreibtisch zurück.

»Au e fia ki a koe!«, schrieb sie. *Ich vermisse dich.*

Salesi klappte ihr Mathebuch zu. »Beeil dich, Tahnee«, drängte sie und stand auf. »Wir kommen zu spät zur Chorprobe!«

Niua sah sie finster an. »Komm das nächste Mal besser alleine«, sagte er zu Tahnee, als sie sich bedankte und dann hastig verabschiedete.

Sie nickte. »Wenn er schreibt, sag mir bitte sofort Bescheid.«

Die Tage vergingen. Vergeblich wartete sie auf eine Nachricht von Niua. Als sie ihn eines Abends wieder beim Anospiel traf, fragte sie ihn etwas verlegen: »Hat er immer noch nicht geantwortet?«

Niua schüttelte den Kopf. »Die Verbindung ist nicht stabil. Auf Vaitupu haben sie ein Problem mit dem Netz.«

Jedes Mal, wenn Tahnee in den nächsten Tagen nachfragte, schüttelte er den Kopf. »Ich sag dir Bescheid. Sie scheinen ein größeres Problem zu haben. Es gibt nur eine Notversorgung und Schüler dürfen gar nicht ins Netz.«

Tahnee zweifelte nicht eine Sekunde an seinen Worten. Sie wusste selbst, wie oft die Stromversorgung unterbrochen wurde.

Erst als Mila ihnen neue Arbeitsunterlagen austeilte, die per Mail gekommen waren, wurde sie misstrauisch. »Gibt es denn keine Probleme mit dem Netz auf Vaitupu?«

Mila schüttelte erstaunt den Kopf. »Nicht, dass ich wüsste. Alles wie immer. Ich wünschte, wir hätten schon eine schnellere Verbindung, aber es funktioniert. Die Weltbank finanziert gerade ein großes Projekt, um das Internet und die Telefonverbindungen auszubauen – bis zu den äußeren Inseln. Es ist nur noch eine Frage der Zeit.«

Als sie Niua darauf ansprach, wurde er sehr verlegen: »Es tut mir leid. Ich wollte nicht, dass du so die Wahrheit erfährst.«

Tahnee schaute ihn verwundert an. »Welche Wahrheit?«

»Vielleicht hat Malaki eingesehen, dass es keinen Sinn mit euch beiden macht. Und da gibt es diese Laisa …«

Tahnee konnte es nicht glauben. Malaki und Laisa? Niemals!

Niua zeigte ihr auf der Homepage der Schule Bilder von der letzten *faatele*. Malaki neben Laisa. Sie lächelte ihm zu und hatte eine Hand auf seinen Arm gelegt.

Also doch Laisa! Tahnee starrte auf das Foto. Und es war nicht das einzige. Wie weitere Bilder bewiesen, war sie den ganzen Abend in seiner Nähe gewesen.

»Er hat dich doch gar nicht verdient«, sagte Niua und legte den Arm um sie. »Vergiss ihn …«

Aber das konnte sie nicht. Sie stieß Niua beiseite und lief davon.

10

Auch am nächsten Tag war Tahnee am Boden zerstört. Sie hatte die ganze Nacht kein Auge zugetan – immer wieder waren die gemeinsamen Bilder von Malaki und Laisa in ihrem Kopf herumgespukt. Und das Schlimmste war, dass sie hier auf Nanumea feststeckte und einfach nichts dagegen unternehmen konnte, dass Laisa sich an Malaki heranmachte.

So war Tahnee entsprechend müde, als sie gemeinsam mit Salesi in Milas Unterricht ging.

Mila hatte die beiden eingeladen, damit sie ihren Schülern der 7. Klasse etwas von ihrer Schule auf Vaitupu erzählten. Zehn von ihnen würden, wenn sie die Prüfung bestanden, im nächsten Schuljahr auch dort hingehen.

»Tahnee und Salesi haben mit dem Klimaprojekt ihrer Schule den »*Gobal-High-School*-Preis für erneuerbare Energien« gewonnen. Dafür haben sie ein Preisgeld von 100 000 Dollar bekommen«, erzählte Mila ihren Schülern.

Die Jugendlichen starrten die beiden mit großen Augen an. 100 000 Dollar! Eine unvorstellbar große Summe, wenn man auf einer Insel lebte, in dem kaum einer ein Bankkonto hatte, weil man das meiste, was man zum Leben brauchte, selbst anbaute oder aus dem Meer fischte. Reich war eine Familie, die viele *pits* besaß.

»Auf unsere Schule auf Vaitupu gehen ungefähr fünfhundert Schüler«, begann Salesi. »Schon längere Zeit nutzen wir dort eine Solaranlage zur Stromversorgung und Batterien für Tage ohne Sonne. Aber das reicht nicht aus, sodass wir zusätzlich auf eine Dieselanlage angewiesen waren, die uns nachts und an Wolkentagen mit Strom versorgte. Ihr kennt das sicher alle: Ihr müsst für eine wichtige Prüfung lernen, doch bei Sonnenuntergang geht einfach das Licht aus. Und es dauert tagelang, bis das Versorgungsschiff kommt, das den Diesel für den Generator bringt. Und das Flüssiggas ist auch ausgegangen, sodass in der Küche nicht gekocht werden kann.«

Die Schüler nickten. Seit einigen Jahren gab es auch auf Nanumea eine Solaranlage, die zusätzlich mit einem Dieselgenerator gekoppelt war. Aber ob das System funktionierte, hing vom Wetter ab und ob dass Versorgungsschiff rechtzeitig neuen Diesel brachte.

»Wir haben vor zwei Jahren im Unterricht die Idee zu einem Projekt entwickelt, mit dem unsere Schule zu 100 % mit erneuerbaren Energien versorgt werden kann, statt Dieselmotoren einzusetzen«, erklärte Tahnee. »Ihr wisst ja, dass Diesel umweltschädlich ist, weil beim Verbrennen so viel CO_2 in die Luft ausgestoßen wird. Damit ist es mitverantwortlich für den Klimawandel, den wir bei uns täglich erleben.«

»Was sind denn erneuerbare Energien?«, fragte Mila ihre Schüler.

»Wind!«

»Sonne!«

»Schweinekot!«

Alle lachten.

»Stimmt doch!«, rief Taumaeke, der Bruder von Laisa. »Mein Onkel hat eine grüne Tonne. Da kommt Schweinekot rein. Wir müssen ihn jeden Tag einsammeln. Und da ist so ein Rohr dran und daraus kommt Gas zum Kochen.«

»Unsere Anlage funktioniert nicht mehr. Der Kot war zu

trocken und dadurch ist sie kaputt gegangen«, beschwerte sich ein Junge.

»Das kenne ich«, sagte Tahnee. »Meine Tante hat auch so eine Anlage. Wenn der Schweinekot zu trocken ist, muss man ihn vorher eine Nacht mit Wasser in einem Eimer einweichen. Aber das Prinzip ist das gleiche wie bei der großen Anlage an unserer Schule. Bei uns auf dem Schulgelände ist eine Schweinefarm entstanden.«

»Aber wie wird aus dem Kot ein Gas?«

»Man verschließt alles luftdicht«, erklärte Salesi. »Bakterien zersetzen den Kot. Durch die Gärung entsteht ein brennbares Biogas, das dann über ein Rohr zur Kochstelle geleitet wird, wo man es anzünden und zum Kochen benutzen kann. Mit der Hitze wird ein Motor angetrieben, der Strom erzeugt für die Lampen in unseren Schlafräumen. Die Überreste des Kots verwenden wir als Dünger für unseren Gemüsegarten.«

»Hat die ganze Schule am Projekt teilgenommen?«, wollte Taumaeke wissen und schaute Tahnee an.

»Ja, aber es gab mehrere Projektgruppen, die für unterschiedliche Teilbereiche verantwortlich waren. Salesi und ich waren in der Projektgruppe, die sich vor allem um die Biogasanlage gekümmert hat.«

»Malaki auch?«, fragte Taumaeke weiter.

Tahnee zuckte zusammen.

»Auch Malaki und Laisa und Petala«, sagte Salesi schnell. »Weil wir hier auf Nanumea schon kleine Biogasanlagen haben und davon berichten konnten.«

»Stimmt es, dass du nicht zur Schule fahren darfst, weil du und Malaki zusammen seid?«, hakte Taumaeke nach und grinste Tahnee an.

Tahnee wäre am liebsten weggelaufen. Aber Mila hielt sie am Arm fest. »Salesi wandert mit ihrer Familie aus und Tahnee hat ihrer Großmutter geholfen, die nun alleine ist, weil ihr Großvater, wie ihr sicher wisst, auf dem Meer verschollen ist. Sie wird bald wieder zur Schule fahren.«

Tahnee schaute sie dankbar an, aber in den Gesichtern der Schüler konnte sie lesen, dass keiner von ihnen Milas Erklärung glaubte. Sie wussten alle längst Bescheid, warum Tahnee auf der Insel bleiben musste.

Taumaeke wollte noch etwas sagen, aber Mila ließ ihn nicht mehr zu Wort kommen. »Unser Präsident hat verkündet, dass Tuvalu 2025 das erste und einzige Land der Erde sein wird, das komplett auf erneuerbare Energien umgestellt ist. Wir werden ein Vorbild für die ganze Welt sein. Wir ...«

»Es ist gut, dass wir das machen«, wurde sie von Salesi unterbrochen. »Vorbild sein ist gut, aber es wird uns nicht helfen. Wir sind doch schon fast am Ziel: 90 % unserer Energie hier bei uns auf Nanumea ist schon CO_2-frei, aber hat das irgendjemanden in der großen weiten Welt interessiert? Niemand. Wenn wir leise hier bei uns noch ein Projekt machen und noch eins und noch eins, dann ist das gut für die Umwelt, aber es ändert nichts an unserer Situation.«

»Was redest du da?« Tahnee schaute ihre Freundin entsetzt an. »Es ist doch ein Anfang. Und dann werden wir auf jeder Insel ein Krankenhaus bauen, die Fährverbindungen zu den anderen Inseln ausbauen, mehr Hochbeete für Gemüse anbauen und dann kann das Leben bei uns gut sein.«

»Das sind große Fortschritte, aber was nutzt ein Krankenhaus, wenn wir nichts mehr zu essen haben?« Salesi war nicht zu stoppen. »Die Monsterwellen werden weiterhin kommen, die *pits* werden weiter versalzen und wir haben jetzt schon zu wenig Regenwasser. Womit willst du dein Gemüse gießen? Und wer soll die Krankenhäuser bezahlen? Oder die Schiffe? Niemand aus dem Ausland wird Geld in ein Land investieren, das es bald nicht mehr geben wird.«

»Und was schlägst du vor?«, fragte Tahnee genervt. Sie verstand nicht, warum Salesi auf einmal alles schlecht redete.

»Wir müssen ganz anders vorgehen. Wir müssen die Welt auf uns aufmerksam machen. Wir müssen laut protestieren, damit sie verstehen, wie es uns hier geht. Dass der Klimawandel bei uns angekommen ist. Wir müssen es vor allem den Ländern zeigen, die mit ihren Autos und den Fabriken die Luft verpesten, sodass die Atmosphäre sich aufheizt und die Eisberge anfangen zu schmelzen. Wir …«

»Aber das haben wir doch bereits«, unterbrach Tahnee sie. »Unser Erfolg mit dem Schulprojekt war überall in der Weltpresse und es wurde über Tuvalu berichtet.«

»Ja, über Schweinemist. Wir schaffen das aber nicht alleine! Sollen wir weniger Auto fahren? Es gibt doch so gut wie keine Autos bei uns. Sollen wir den Ausstoß an CO_2 in unseren Fabriken verringern? Siehst du hier irgendwelche Fabriken? Wir sind es doch gar nicht, die CO_2 produzieren!«

»So, jetzt ist gut!«, ging Mila dazwischen. »Morgen reden wir weiter. Und ihr lasst euch noch einmal durch den Kopf gehen, was die beiden gesagt haben«, wandte sie sich dann an die Klasse. »Was denkt ihr darüber? Protest oder Umstellung auf erneuerbare Energien? Oder was euch sonst noch dazu einfällt.«

An diesem Tag gingen Tahnee und Salesi auf getrennten Wegen nach Hause. Zum ersten Mal verstand Tahnee ihre

Freundin nicht. Warum stellte sie das ganze Projekt infrage? Salesi hatte mit viel mehr Begeisterung als sie am Projekt mitgearbeitet. Sie durfte sogar zur Preisverleihung mit nach Dubai fliegen. Alle hatten sie darum beneidet, aber jeder musste anerkennen, dass sie es auch verdient hatte. Tahnees Begeisterung für das Projekt kam dagegen vor allem daher, dass Malaki auch dabei war.

Tahnee rannte hinunter zur Lagune, wo ihr Boot lag und segelte hinaus nach Lefogaki. Der Vormittag in Milas Klasse hatte sie abgelenkt, aber nun kamen die Bilder von Malaki und Laisa zurück und machten sie traurig. Sie legte sich in den warmen Sand und schloss die Augen. Sie hörte die Wellen rauschen. Und plötzlich, als sie noch genauer hinhörte, konnte sie auch Malakis Stimme hören, wie er ihr zärtlich ins Ohr flüsterte: »Es wird alles gut. Du musst nur fest daran glauben.«

Sie spürte, wie die Sonne auf ihrer Haut schwächer wurde. Gleich würde sie untergehen. Sie sollte zurückfahren, aber wenn sie die Augen öffnete, dann würde auch Malakis Stimme, die ihr immer neue Zärtlichkeiten ins Ohr flüsterte, verschwinden. So blieb sie liegen und schlief irgendwann mit seiner Stimme im Ohr ein.

Am nächsten Tag war der Streit mit Salesi vergessen. Selbst das Klima war es nicht wert, dass sie die Zeit, die sie noch miteinander verbringen konnten, auf Diskussionen verschwendeten. Der Unterricht bei Mila fiel aus, weil Salesi packen musste. Auch Tahnee half mit. So konnte sie wenigstens mit ihr zusammen sein.

Anschließend fuhren sie mit Salesis Mofa auf der Insel herum, um Freunde zu treffen, von denen Salesi sich verabschieden wollte. Es war alles zum letzten Mal, was sie in diesen Tagen zusammen unternahmen, und je näher der Tag der Abreise kam, desto trauriger wurde Tahnee.

Bisher war sie immer, wenn sie Probleme hatte, nach Lakena zu ihren Großeltern fahren. »Tahnee ist wieder auf der Flucht!«, spottete ihr Bruder jedes Mal, wenn sie in ihr Kanu stieg und davonsegelte. Auf Lakena war die Welt noch in Ordnung. Bis zum letzten Sturm, der den Großvater davongeweht hatte. Wenn er nur wiederkommen würde, dachte Tahnee, dann würde es eine Chance geben, ihr Paradies zu erhalten.

Ganz tief in sich aber wusste sie, dass auch das nicht möglich war. Das Paradies, so wie sie es in ihrer Kindheit erlebt hatte, war für immer verloren. Alles brach auseinander und löste sich auf. Und daran würde auch eine Wiederkehr des Großvaters nichts mehr ändern.

Am letzten Nachmittag begleitete Tahnee Salesi, die sich von Mila verabschieden wollte. Sie fanden sie hinter der Schule am Strand, wo sie unter einer großen Palme saß und auf das türkisfarbene Meer schaute. Ihre kleine Tochter spielte im Sand.

»Ich will hier leben«, sagte Mila, als sie die beiden sah. »Mit meiner Familie. Ich möchte, dass meine Tochter hier aufwächst. Aber wenn das hier nicht mehr möglich ist, oder nur noch mit Angst, dann werde auch ich gehen.«

Sie beobachteten, wie das Wasser langsam näher kam. In zwei Stunden würde es die Palme erreicht haben. »Mein Haus und auch die Schule wurden in den letzten Monaten schon öfter überflutet. An vielen Tagen muss der Unterricht ausfallen. Und es wird immer schlimmer«, erklärte Mila.

»Mein kleiner Bruder hat heute Nacht geträumt, dass unser Haus versinkt«, erzählte Tahnee und versuchte, das Thema in eine andere Richtung zu lenken. »Ich finde, wir sollten den Kindern auch zeigen, wie man unsere Insel retten kann.«

»Du meinst das Mangrovenprojekt?«

Tahnee nickte.

Sie war zehn gewesen, als sie mit ihrer Mutter und anderen Frauen nach Lakena gefahren war und von dort Mangrovensetzlinge mitbrachte. Am Strand vor ihrem Dorf pflanzten sie die tausend Mangroven ein, um den Strand und damit das Dorf vor den Wellen zu schützen. Mangroven pufferten nicht nur die Monsterwellen ab, sondern schützten auch das Korallenriff vor Ablagerungen, die es porös und brechbar machten.

Tahnee hatte mitgeholfen, die kleinen Pflanzen in das flache Wasser zu drücken. Wie oft war sie in den Monaten danach mit der Mutter nach einer Flut dorthin gefahren, um zu sehen, was die Wellen angerichtet hatten. Wie oft mussten neue Pflanzen geholt werden, weil sie fortgeschwemmt wurden. Und wie oft war sie mit den anderen Kindern hinter den Schweinen hergejagt, die, obwohl es verboten war, überall herumliefen und im flachen Wasser neben den Mangroven herumwühlten und die jungen Pflanzen abknabberten, sodass der Mangrovengarten mit einem Drahtzaun geschützt werden musste. Inzwischen waren die Mangroven bereits drei Meter hoch gewachsen.

»Du hast recht, Tahnee. Man sollte den Kindern auch die Hoffnung geben, dass sie nicht ganz hilflos mitansehen müssen, wie die Wellen ihre Heimat kaputt machen. Auch wenn das letztendlich nichts ändern wird«, sagte Mila.

Dann saßen sie schweigend da und schauten auf das immer näher kommende Wasser.

»Seitdem mein Vater entschieden hat, dass wir auswandern, habe ich viel nachgedacht«, fing Salesi nach einer Weile an. »Meine Eltern waren eine der Ersten, die einen Biogasofen hatten. Ich habe jahrelang Schweinekot gesammelt, aber was hat es gebracht? Wir können unser Klimaproblem nicht alleine lösen. Ich hätte es wie Laisa machen sollen.«

Laisa hatte sich nicht an dem großen Schulprojekt beteiligt, sondern sich der Gruppe der *Pacific Climate Warriors*, der Klimakrieger, angeschlossen, die auf allen pazifischen Inseln Aktionen veranstalteten, um die Welt auf ihre Situation aufmerksam zu machen.

»Laisa? Die hat ein paar Plakate gemalt und war einmal auf Funafuti zu einer Demo. Aber hat das was geändert?« Tahnee war wütend auf Salesi. Wie konnte sie ausgerechnet Laisa als Vorbild hinstellen!

»Wir haben einfach noch nicht stark genug gekämpft. Und

die Gruppe ist noch zu klein bei uns an der Schule. Aber es wird der einzige Weg sein«, meinte Salesi und Mila nickte.

»Sie hat recht. Alleine schaffen wir es nicht.«

Am letzten Abend organisierte die Gemeinde für die drei Familien zum Abschied ein *faatele*. Es gab ein riesiges Festessen mit allen Spezialitäten, die auf Nanumea zu einem Fest gehörten und die sie wohl so schnell nicht mehr bekommen würden.

Über den vertrauten Melodien bei dem anschließenden Tanzwettbewerb schwebte die Trauer über den Verlust von drei Familien. In ihren Reden versuchten die alten Männer, Zuversicht zu verbreiten. Nanumea sei noch nicht untergegangen und das würde mit Gottes Hilfe auch nicht passieren.

Aber an diesem Abend erreichten sie ihre Zuhörer nicht. Abschied lag in der Luft und es würde nicht der letzte sein. Nanumea war für die meisten von ihnen ein Ort geworden, der keine Zukunft versprach. Während die Älteren bleiben wollten, zog es die Jüngeren an Orte, wo ihre Kinder und Enkelkinder ohne Furcht vor der nächsten Monsterwelle aufwachsen konnten.

Tahnee und Salesi schlichen sich aus der Halle und gingen Hand in Hand am Strand entlang.

»Was mache ich denn jetzt ohne dich?«, fragte Tahnee traurig. Ohne Salesi gab es hier niemanden mehr, mit dem sie über Malaki reden konnte.

»Warum fährst du nicht einfach zurück nach Vaitupu?«, sagte Salesi unvermittelt. »Das nächste Schiff kommt in wenigen Tagen.«

»Ich soll was?«, fragte Tahnee entsetzt. »Meine Mutter wird mich nie fahren lassen. Und mein Vater wird nicht offen gegen den Beschluss der Ältesten handeln, auch wenn er ihn nicht gut findet.«

»Du musst ihnen ja nicht sagen, was du vorhast. Und in der Schule glauben sie doch, du bist krank geworden. Dort sagst du dann einfach: Hallo, da bin ich. Ich bin wieder gesund! Und wenn du dann erst mal die Abschlussprüfung bestanden hast, interessiert es bestimmt niemanden mehr, dass du ohne Erlaubnis gefahren bist.«

»Aber …« Tahnee wusste immer noch nicht, was sie von Salesis Vorschlag halten sollte. »Und was ist, wenn Malaki wirklich nichts mehr von mir wissen will? Warum antwortet er nicht auf meine E-Mail? Vielleicht ist es besser …«

»Fahr hin, dann kannst du ihn das alles selbst fragen«, unterbrach Salesi sie. »Bleibst du hier, hast du ihn schon verloren.«

»Und wenn ich fahre, dann verliere ich vielleicht meine Familie«, wandte Tahnee ein. »Das werden mir mein Urgroßvater und auch meine Mutter nie verzeihen.«

»Es ist deine letzte Chance!«, redete Salesi weiter auf sie ein. »Malaki wird in den Sommerferien nicht nach Nanumea kommen. Er wird gleich nach Amatuku fahren. Mein Bruder sagt, die Ausbildung am Marineinstitut beginnt unmittelbar nach Schulende. Vielleicht siehst du ihn dann nie wieder.«

Und dann kam der Tag des Abschieds. Tahnee umarmte Salesi ein letztes Mal, bevor sie in das Boot stieg. Tahnee stand am Hafen und beobachtete, wie das Schiff langsam aus der Lagune herausfuhr.

Salesi winkte ihr zu, bis sie sie nicht mehr sehen konnte. »Eines Tages werden wir uns wiedersehen«, hatte sie Tahnee noch zugeflüstert.

Eines Tages, das bedeutete: Niemals.

12

Zwei Tage später saß Tahnee draußen auf der Treppe ihres Elternhauses. Der Regen trommelte seit Stunden auf das Wellblechdach und sie beobachtete, wie das Wasser über die Regenrinne in die grüne Tonne vor dem Haus lief. Ein Teil des kostbaren Wassers ging durch die Löcher in der Regenrinne verloren, tropfte auf den Boden und lief in die Pfütze vor dem Haus, die immer größer wurde.

Es war Sonntagnachmittag, die Arbeit ruhte wie immer an Sonntagen auf dem ganzen Atoll. Ihre Mutter und die Tante waren zum Nachmittagsgottesdienst in die Kirche gegangen. Tahnee sollte auf ihre beiden Brüder und die Kinder ihrer Tante aufpassen, die vor dem Haus in der Pfütze spielten.

Seit Salesi weggefahren war, fühlte sie sich sehr einsam, sie vermisste ihre Freundinnen aus der Schule und natürlich Malaki. Egal, wohin sie auch ging, überall warteten die Erinnerungen an ihn, um sich auf sie zu stürzen. Wenn sie wenigstens mit ihm reden könnte.

Am meisten hasste es Tahnee, wenn die Mutter sie zum *fusi* schickte, aber sie traute sich nicht, sie zu bitten, die Einkäufe selbst zu machen, denn ihre Mutter ließ sie jeden Tag spüren, wie sehr sie sich für Tahnees Verhalten vor den anderen schämte. Es würde wohl noch Monate dauern, bis die Mutter ihr verziehen hatte.

Das Schlimmste aber war, dass Mila keine Zeit mehr für den zusätzlichen Unterricht hatte, weil sie sich um die Prüfungen ihrer eigenen Schüler kümmern musste und ihre Tochter krank war.

Plötzlich hörte Tahnee lautes Rufen und Lachen, das immer näher kam, dann jagten drei Schweine um die Ecke hinein in die Pfütze. Das Wasser spritzte bis zu Tahnee hoch. Hinter den Schweinen kamen die Dorfkinder gerannt. Sie versuchten, die Schweine mit Stöcken zurück in ihre Ställe am Westufer zu treiben, aus denen sie offenbar wieder einmal ausgebrochen waren.

Jede Familie besaß dort einen Stall. Tahnee hoffte, dass es nicht die Schweine ihrer Familie waren, denn das würde Ärger geben. Tahnee hatte seit ihrer Rückkehr von Lakena die Aufgabe bekommen, zusammen mit ihren Brüdern die Schweine mit Essensresten zu füttern. Hoffentlich hatten sie die Tür gestern Abend richtig geschlossen. Sie sammelte ihre Geschwister und die Kinder ihrer Tante ein und folgte den anderen zu den Schweineställen, wo zu ihrer Erleichterung die drei Schweine der Familie sicher im Stall lagen.

Als sie zurückkam, waren ihre Eltern gerade dabei, das Haus sturmsicher zu machen.

»Beeil dich, Tahnee!«, rief die Mutter. »Es sieht nach Sturm aus. Hoffentlich sind die Wellen nicht so hoch wie vor vier Wochen.«

Als kurz darauf die laute Sirene des Sturm-Frühwarnsystems losging, packten sie auch ihre Schlafmatten ein und rannten Richtung Kirche.

Und wieder saßen sie dicht gedrängt in den Bänken, gefüllt mit der Angst, was der Sturm und die Wellen diesmal anrichten würden. Tahnee machte sich große Sorgen um ihre Großmutter, die ganz allein in ihrem neuen Haus ausharrte.

Aber diesmal zogen der Sturm und mit ihm die Monsterwellen an ihrem Atoll vorbei, weiter nach Süden, wo er auf

Funafuti, dem Hauptatoll mit der Hauptstadt, großen Schaden anrichtete, wie Radio Tuvalu am nächsten Tag berichtete. Einen Tag später riefen die Ältesten alle zu einer Krisensitzung zusammen und nachdem der *ulu aliki* seine Eröffnungsrede gehalten hatte, erhob sich Tahnees Vater. Er ließ seinen Blick durch die Versammlungshalle schweifen, die bis auf den letzten Platz gefüllt war. »Gestern Nacht haben wir Glück gehabt. Aber der nächste Sturm wird kommen und niemand weiß, was er mit uns und unserem Atoll machen wird. Jedes Mal verschwindet ein Stück von unserer Heimat. Und genau das ist das Problem. In 30 Jahren, sagen die Experten, werden viele Atolle in unserem Staat unbewohnbar sein. Wir können nicht länger zuschauen. Wir müssen etwas tun.«

»Man könnte einen Erdwall bauen«, schlug Onkel Wawe vor, der extra von Lakena hergekommen war, aber die meisten schüttelten den Kopf. Das hatte die Regierung auf Funafuti schon vergeblich versucht.

»Außerdem«, fuhr Tahnees Vater fort, »ist unser Hauptproblem die Versalzung. Ohne ausreichendes Süßwasser können wir hier nicht überleben.«

»Und was schlägst du vor?«, wollte der *ulu aliki* wissen.

Tahnees Vater zögerte kurz. Dann sagte er mit fester Stimme: »Ich habe in den letzten Wochen und Monaten lange über alles nachgedacht. Wir müssen uns vielleicht doch mit dem Gedanken anfreunden, dass wir unser Atoll verlassen müssen.« Er zögerte einen Moment, dann sprach er weiter: »Ich bin zu dem Schluss gekommen, dass es Zeit ist, mit meiner Familie auszuwandern.«

Im ganzen Saal herrschte entsetztes Schweigen. Viele hatten Tahnees Vater schon als kommenden *ulu aliki* gesehen und nun wollte er auswandern. Onkel Wawe war der Erste, der sich von dem Schock erholt hatte.

»Auswandern?«, schrie er aufgebracht. »Es gibt kein Land auf der Erde, das Klimawandel als Fluchtgrund anerkennt. Du wirst kein Asyl bekommen, keine Arbeit und damit auch kein Geld. Wovon willst du leben? Hier kannst du von deinem Land leben. Oder du fährst zum Fischen aufs Meer. Das Land ist unsere Mutter. Wir können darauf leben und sind geborgen.«

»Ja, aber wie lange noch?«, rief der Vater. »Unser Land ist krank und wird uns schon bald nicht mehr ernähren können. Und die Fische werden auch immer weniger.«

Unter den Männern entbrannte eine hitzige Diskussion, doch Tahnee hörte schon längst nicht mehr hin. Nun war eingetreten, was sie die ganze Zeit über nicht hatte wahrhaben wollen. Erst Salesis Familie und nun ihre eigene. Sie vergrub den Kopf zwischen ihren Armen. Vielleicht, ja vielleicht, wenn sie nur lange genug die Augen verschloss, würde sich ja doch alles als riesengroßer Albtraum entpuppen.

Auch im Saal wurde es langsam still.

»Gott wird uns nicht im Stich lassen! Er hat es Noah versprochen. Nie wieder wird eine Flut alles vernichten«, sagte Tahnees Mutter in die Stille hinein und stimmte ein Kirchenlied an. Andere Frauen und Männer fielen ein und wiegten sich im Rhythmus der Melodie.

Nach einer Weile standen alle auf und gingen nach Hause. Niemand hatte mehr Lust zu bleiben, zu plaudern oder zu singen.

13

Eines hatte die Versammlung bewirkt. Niemand sprach mehr über Tahnee und Malaki. Es gab vor dem *fusi* nur ein Thema: dass der kommende *ulu aliki* mit seiner Familie auswandern wollte, weil er offenbar nicht an das Versprechen, das Gott Noah gegeben hatte und das ihnen immer aufs Neue Hoffnung gab, glaubte.

Alle waren schockiert. Jeden Tag versammelten sich nun Dorfbewohner im Haus der Familie, um den Vater von seinem Plan abzuhalten.

»Du wirst hier auf Nanumea gebraucht«, versuchte sein eigener Vater ihn umzustimmen. »Du hast so viel von der Welt gesehen, du kannst dich ausdrücken, du kannst als *ulu aliki* neue Projekte hierherholen, damit unser Leben sicherer wird.«

Der Vater hörte sich alles ruhig an, aber sein Entschluss stand fest. Während die Mutter nur noch mit verweinten Augen herumlief, nahm Tahnee die erste Gelegenheit wahr und fuhr zu ihrer Großmutter. Als sie auf Lakena ankam, kehrten gerade die Fischer mit ihren Booten vom Meer zurück, Kinder spielten im Wasser der Lagune, Frauen wuschen ihre Wäsche im flachen Wasser. Die Sonne ging langsam feuerrot im Meer unter.

Tahnee holte tief Luft. Sturm, Monsterwellen und versalzene *pits* waren so weit entfernt, als ob sie nur aus bösen Märchen entsprungen waren, um den Menschen Angst zu machen.

Als sie kurze Zeit später mit der Großmutter beim Feuer

saß, erzählte sie ihr nicht, dass der Vater nun fest entschlossen war, auszuwandern. Das würde sie noch früh genug erfahren. Und bis dahin konnte das Leben hier bei der Großmutter so weitergehen, als ob er nie darüber gesprochen hätte.

Leider kam zwei Tage später Onkel Wawe mit frischen Taroknollen vorbei und erzählte ausführlich von der Versammlung.

Als er gegangen war, fragte die Großmutter verwundert: »Warum hast du mir nichts davon gesagt?«

»Ich will nicht auswandern. Ich will studieren«, sagte Tahnee verzweifelt. »Ärztin werden. Dann hierher zurückkommen. Aber jetzt schaffe ich noch nicht einmal die Abschlussprüfungen … Salesi sagt, ich soll einfach zurück zur Schule fahren. Aber ich weiß nicht, ob das richtig ist. Sie werden mich alle hassen.«

»Das hängt ganz von dir ab. Beweis ihnen, dass du es vor allem wegen der Prüfungen machst … In zwei Tagen kommt das Boot nach Vaitupu.«

»Und wie soll ich auf das Boot kommen? Alle wissen doch, dass ich nicht fahren darf. Hier gibt es keine Geheimnisse.«

Die Großmutter lächelte. »Geheimnisse gibt es überall. Aber morgen werden nicht viele Leute am Hafen sein. Ich werde dich begleiten. Und wenn jemand fragt, werde ich sagen, dass das Verbot aufgehoben wurde. Von mir, aber das muss ja niemand wissen. Wir treffen uns morgen am Hafen.«

»Und Vater und mein Urgroßvater und Mutter?«

»Das lass meine Sorge sein. Unser Volk kann es sich nicht leisten, ein so begabtes Mädchen wie dich hier einzusperren. Wir brauchen jeden, der lernen will und den Mut hat zu kämpfen.«

Dann war der Morgen da, an dem das Schiff nach Vaitupu ablegen würde. Entgegen der Voraussage der Großmutter gab es am Hafen aber auch diesmal wieder einen großen Auflauf, denn das Schiff brachte auch Diesel, Petroleum und Waren für das *fusi*. Außerdem waren viele Eltern gekommen, die für ihre Kinder auf Vaitupu besonderes Essen, Kokosnüsse und frisch geerntetes Obst mitschicken wollten.

Tahnee wartete mit ihrem Koffer dicht neben ihrer Großmutter, bis sie an der Reihe war. Dann sprang sie als Letzte auf das Beiboot. Niemand hielt sie zurück.

Oben an Deck winkte sie der Großmutter zum Abschied zu und betrachtete das blaue Wasser der Lagune, die Palmen am Strand, die fröhlichen Kinder im Wasser, die Fischer in ihren Booten. Sie stand da und schaute auf ihr Paradies, das keines mehr war, bis es am Horizont verschwunden war.

14

Nach einem Tag und einer Nacht auf dem Schiff war es endlich so weit. Vor ihr lag das Korallenriff von Vaitupu. Vergessen waren ihre Sorgen über die geplante Auswanderung des Vaters. Stattdessen zerbrach Tahnee sich den Kopf darüber, wie sie zur Schule kommen sollte, die im Südosten direkt am Meer lag. Am meisten beunruhigte sie aber, ob man im Schulbüro ihre Erklärung akzeptieren würde, warum sie auf einmal ohne Brief der Eltern auftauchte, obwohl sie doch für den Rest des Schuljahres abgemeldet war.

Im Hafen wurde die Ankunft des Schiffes schon sehnsüchtig erwartet. Männer luden Vorräte aller Art in die Beiboote um und auch Tahnee stieg in das kleine Boot, um sich ans Ufer fahren zu lassen.

Der Hausmeister der Schule war mit einigen Schülern gekommen, um die Kisten für die Schule abzuholen. Tahnee wurde fröhlich begrüßt.

Nur der Hausmeister fragte etwas erstaunt: »Mir wurde nicht gesagt, dass ich eine Schülerin abholen soll. Aber wo du schon mal da bist, steig ein. Das wird sich klären!« Vor dem Eingang der Schule setzte er sie ab. »Vergiss nicht, dich im Sekretariat zu melden!«

Tahnee blieb für einen Moment stehen und holte tief Luft. Sie hatte es geschafft. Vor ihr flatterte die blaue Fahne mit den neun gelben Sternen, einer für jedes Atoll im Inselstaat Tuvalu, im Wind. Auf dem grünen Rasen zwischen den Schulgebäuden standen zwanzig Meter hohe Palmen und um den Rasen herum wuchsen die von den Schülern gepflanzten Bananenstauden. Alles war so wie vor den Weihnachtsferien. So, als hätte es die letzten furchtbaren Wochen nicht gegeben.

Und wenn sie Glück hatte, würde sie sogar Malaki schon heute sehen. Ein wenig Angst hatte sie jedoch vor der Begegnung. Was, wenn sich herausstellte, dass er wirklich nichts mehr von ihr wissen wollte und stattdessen mit Laisa zusammen war?

»*Talofa*, Tahnee!«, rief ihr ein Mädchen in der grün-weißen Schuluniform zu. Sie rannte ihr entgegen und umarmte sie stürmisch. »Ich bin froh, dass du wieder da bist. Ich hatte schon befürchtet, du wirst gar nicht mehr gesund. Wir brauchen dich in unserem Projekt.« Lani war die Schulsprecherin und ging in Malakis Stufe. Auch sie war in der Projektgruppe, die das große Klimaprojekt organisiert hatte.

Sie begleitete Tahnee ins Büro, wo sie von der Sekretärin freundlich begrüßt wurde. »Schön, dass du wieder da bist. Deine Mutter hatte zwar geschrieben, dass du dieses Schuljahr wohl nicht mehr kommen wirst, aber umso mehr freue ich mich, dass du nun gesund wieder da bist! Zieh dich um und dann kannst du direkt in den Unterricht gehen!«

Im Schlafsaal gab es eine unerwartete Überraschung. Dort, wo eigentlich ihr Bett war, lag nun Laisas Bettdecke. Sie schaute sich in dem großen Schlafsaal um. Vierzig Mädchen schliefen hier in zwanzig doppelstöckigen Betten. Ganz hinten, dort, wo niemand gerne schlafen wollte, war noch ein Bett frei und dorthin hatte Laisa Tahnees Bettdecke gelegt. Tahnee stellte ihren Koffer daneben. Sie wollte keinen Streit mit Laisa. Es war ihr egal, wo sie schlafen musste. Hauptsache, sie war zurück und in Malakis Nähe.

Schnell zog sie ihre Schuluniform an und lief in ihre Klasse, wo sich alle freuten, sie zu sehen: Nur Laisa schaute Tahnee erschrocken an, so als würde sie einen Geist sehen.

»Kümmer dich nicht darum!«, tröstete ihre Freundin Tangisia sie. »Sie versucht seit Wochen, bei Malaki zu landen, aber der träumt nur von dir! Und jetzt, da du wieder da bist, hat sie gar keine Chance mehr.«

Auch Tahnees Klassenlehrerin fragte nicht weiter nach. Keiner schien sich zu wundern, bis auf ihre Schwester Nouma, die Tahnee in der Mittagspause traf.

»Was machst du denn hier?«, flüsterte Nouma. »Ich denke, du darfst nicht kommen.«

»Vater war mit der Entscheidung der Ältesten nicht einverstanden«, sagte Tahnee. Und das war nicht mal gelogen. Bestimmt hatte er inzwischen von der Großmutter erfahren, dass sie zurück zur Schule gefahren war. Und da er ja nicht hinter der Entscheidung des *ulu aliki* stand, hoffte Tahnee, dass niemand etwas unternehmen würde. Malaki sah sie an diesem Tag zu ihrer Enttäuschung nur zusammen mit seinen Freunden beim Mittagessen. Als er Tahnee entdeckte, ging ein Lächeln über sein Gesicht. Erstaunt wirkte er nicht. Wahrscheinlich hatte er schon von Lani gehört, dass Tahnee wieder da war. Sie lächelte zurück. Mehr traute sie sich nicht, denn neben ihm saß Petala, ihr Bruder, und schaute sie verwundert an. Sie konnte ihm ansehen, dass er genauso überrascht wie Nouma war.

Dann stand Petala auf und kam mit schnellen Schritten auf sie zu. »Was machst du hier?«, zischte er ihr zu. »Weiß Mutter Bescheid? Und Vater? Und ist der *ulu aliki* einverstanden?«

»Großmutter will es ihnen sagen«, flüsterte Tahnee und

77

senkte den Kopf. Petala schaute sie kopfschüttelnd an. »Ich hoffe, du weißt, was du tust!«

»Es ist nicht fair, dass Malaki zur Schule gehen kann und ich soll zu Hause bleiben. Und mein Abschluss? Ich brauche auch gute Noten.«

»Ich bin dein älterer Bruder. Sie werden erwarten, dass ich auf dich aufpasse. Versprichst du, dass du dich nicht alleine mit Malaki triffst?«

»Aber wir haben gemeinsame Projekte.«

»Es geht nicht um die Projekte. Du willst lernen. In Ordnung. Aber du kennst das *tapu* und weißt, warum es aufgestellt wurde. Vergiss das niemals!« Er drehte sich um und lief zu seinen Freunden zurück.

Tahnee ging mit ihrem Teller zum Tisch, an dem ihre Freundinnen saßen. Wie könnte sie das *tapu* jemals vergessen! Es verfolgte sie, seitdem Malaki sie zum ersten Mal umarmt hatte.

Auch am nächsten Tag war es unmöglich, Malaki alleine zu treffen. Einfach war es vorher zwar auch nicht gewesen, aber sie hatten sich in den freien Stunden immer wieder mal davonschleichen können. Doch nun ließ Laisa Tahnee nicht einen Moment aus den Augen. Sie folgte ihr heimlich oder auch ganz offen, wohin Tahnee auch ging.

»Ich habe ihm noch nicht einmal erklären können, warum ich nicht mitgefahren bin«, beschwerte sich Tahnee bei Tangisia, die neben Salesi als Einzige eingeweiht war und der sie die ganze Geschichte mit Niua erzählt hatte.

»Ich könnte ihr doch erzählen, dass du jetzt mit Niua zusammen bist, weil das mit Malaki keine Zukunft hat.«

»Und wenn sie dann wieder hinter ihm herläuft?«

»Das wird sie sich nicht trauen. Jeder weiß doch, dass er nichts von ihr will.«

Einen Versuch war es wert. Nachdem Tangisia mit ihr geredet hatte, beobachtete Laisa Tahnee noch eine Weile. Aber da Tahnee sich ganz offensichtlich nur für ihre Freundinnen interessierte, gab sie auf. Trotzdem war Tahnee gewarnt. Beim kleinsten Verdacht würde der ganze Schwindel auffliegen.

15

Am nächsten Tag überraschte Tangisia Tahnee mit einem Brief von Malaki.

»Er hat mich gefragt, wie es dir geht«, erzählte Tangisia. »Laisa hatte ihm nämlich gesagt, dass du jetzt mit Niua zusammen bist. Und weil er ziemlich fertig ausgesehen hat, habe ich ihm die ganze Geschichte erzählt.«

»Sonntag 11:00 Uhr in unserer kleinen Bucht«, stand auf dem Zettel. Zu der Zeit, wenn alle anderen in den Gottesdienst gingen, hatten Tahnee und Malaki sich schon oft getroffen. Die große Halle war dann gefüllt mit Schülern, sodass es bisher nicht aufgefallen war, wenn sie beide fehlten.

Als Tahnee am Sonntag mit klopfendem Herzen in der kleinen Bucht ankam, wartete Malaki schon auf sie. Er nahm sie in den Arm und hielt sie so fest, dass sie kaum Luft bekam.

»Es tut mir so leid, dass ich nicht für dich da war«, sagte er. »Ich habe auch großen Ärger bekommen, aber ich wusste nicht, dass sie dich nicht mitfahren lassen würden. Sonst wäre ich auch nicht gefahren. Dein Bruder hat nur gesagt, du seist krank.«

»War ich ja auch. Krank vor Sehnsucht«, erwiderte Tahnee, die langsam ihre Sprache wiederfand. »Warum hast du nie auf meine Mail geantwortet? Mein Foto?«

»Mail? Foto? Wovon redest du?«

»Niua wollte es dir schicken.«

»Ich habe Niua eine Mail geschickt, dass ich mir Sorgen mache und dass er mir schreiben soll, wie es dir geht. Aber ich habe keine Antwort von ihm bekommen. Und vor ein paar

Tagen hat Laisa mir dann erzählt, dass du mit ihm zusammen bist …« Malaki holte tief Luft. Dann sagte er: »Schließ die Augen!« Tahnee spürte seine warmen Hände auf ihrer Haut, als er ihr eine Kette um den Hals legte. »Ich bin oft hier gewesen, als du nicht da warst und habe Muscheln gesammelt. Und dabei habe ich von dir geträumt und mir gewünscht, dass du vor mir stehst, so wie jetzt.«

Die Zeit verging viel zu schnell. Und sie wussten nicht einmal, wann es eine neue Gelegenheit zu einem Treffen geben würde. Jetzt, da nicht nur Laisa, sondern auch ihr Bruder Petala und ihre Schwester Nouma sie beobachteten, würde es noch schwieriger werden.

»Wir finden einen Weg! Vertrau mir einfach! Wir sehen uns morgen in der Projektgruppe«, sagte Malaki, bevor sie auf verschiedenen Wegen zurück zur Schule gingen.

16

Voller Vorfreude machte Tahnee sich am nächsten Nachmittag auf den Weg zum Gruppenraum, wo die Projektgruppe »Energiewandel« tagte. Laisa würde mit ihren *Climate Warriors* beschäftigt sein, und so war Tahnee sich sicher, dass nicht jeder ihrer Blicke misstrauisch beobachtet wurde.

Es waren deutlich weniger Schüler da als im ersten Halbjahr. »Die meisten machen jetzt bei den *Climate Warriors* mit«, flüsterte Tangisia ihr zu. »Malaki war ziemlich enttäuscht darüber.«

»Wie du siehst, sind wir geschrumpft«, sagte Malaki zur Begrüßung. »Aber ich bin froh, dass du wieder dabei bist, Tahnee. Die Schulleitung hat vorgeschlagen, dass wir uns ein zweites Mal für ein Energieprojekt bewerben. Diesmal mit einem Windpark. Wir stehen noch ganz am Anfang und müssen uns erst einmal einarbeiten in das Thema. Aber wir haben ja auch ein Jahr Zeit, bis wir unsere Bewerbung abgeben müssen. Stellt euch vor, wir würden ein zweites Mal gewinnen! Das hat noch niemand geschafft.« Malakis Augen leuchteten. Dabei würde er nicht einmal dabei sein, wenn es so weit wäre, denn er machte ja Ende dieses Schuljahres seinen Abschluss.

Tahnee bewunderte seine Begeisterung für diese Projekte. Schon beim ersten hatte er alle mitgerissen und am Ende hatten sie das Preisgeld gewonnen. Sie selbst hatte in der Projektgruppe nur wegen Malaki mitgemacht. Sie hätte auch einen Kochkurs oder jeden anderen Kurs belegt, nur um mit ihm zusammen zu sein. Außerdem waren in dieser Projektgruppe nur Schüler, die im Gegensatz zu ihr mindestens gute, meistens sogar sehr gute Noten in Mathe und Physik hatten.

Nur mit halbem Ohr verfolgte sie daher die Gespräche der anderen, die sich um Windgeneratoren und den Aufbau einer Windkraftanlage drehten. In ihrem Kopf aber breiteten sich Salesis Worte immer weiter aus: *Und noch ein Projekt und noch eins und noch eins. Aber es ändert nichts.*

»In der nächsten Woche kommt ein Experte aus der Hauptstadt, wo sie schon erste Erfahrungen mit Windkraft gemacht haben, um mit uns wichtige Aspekte zu besprechen«, sagte Malaki und verteilte Arbeitsblätter, damit sie sich auf den Vortrag in der nächsten Woche vorbereiten konnte.

Nach einem Blick auf die Formeln zur Berechnung der Windgeschwindigkeit flüsterte Tahnee Tangisia zu: »Ich verstehe kein Wort! Das ist noch schwieriger als Biogasanlagen und Sonnenenergie.«

Tangisia, die jede Art von Formeln liebte, grinste sie an. »Kein Problem. Machen wir zusammen. Es sei denn, du möchtest lieber Malaki fragen.«

»Das ist nicht witzig! Er darf das nie erfahren. Sonst fragt er sich noch, warum ich überhaupt in der Gruppe bin!«

»Vielleicht findet er es ganz süß, dass du dir diesen ganzen technischen Kram nur seinetwegen antust. Aber keine Sorge, von mir erfährt er das sicher nicht!«

Nach dem Projektnachmittag ging Tahnee mit ihrer Schwester Nouma, die ebenfalls in der Gruppe mitmachte, zum Strand. Malaki hatte sie gebeten, Tahnee den Platz zu zeigen, wo der Windpark entstehen sollte. Tahnee wäre lieber mit ihm hingegangen, aber das wäre wohl zu auffällig gewesen.

Aber als sie auf der für den Windpark vorgesehenen Fläche ankamen, war es bereits dunkel und man konnte nichts mehr erkennen.

»Macht nichts!«, meinte Tahnee. »So spannend ist das Ganze auch nicht!«

Nouma sah sie genervt an. »Was ist los mit dir? Unser Projekt scheint dich überhaupt nicht zu interessieren. Ich habe dich heute Nachmittag beobachtet. Vor ein paar Monaten konntest du nicht genug davon bekommen. Keine Sitzung hast du versäumt. Für jede Arbeit hast du dich freiwillig gemeldet. Was ist jetzt anders? Na gut, unser großes Projekt ist zu Ende. Und es sind einige abgesprungen. Aber es geht doch weiter.«

»Irgendwie macht es für mich nicht mehr so viel Sinn, ein Projekt nach dem anderen zu machen. Biogasanlagen und erneuerbare Energien. Was bringt das denn?«

»Und warum bleibst du dann dabei? Das macht für *mich* keinen Sinn! Oder … sag nicht, du hast alles nur wegen Malaki gemacht?« Nouma starrte sie entsetzt an. »Echt jetzt? Ich finde, das sollte er wissen!«

»Das wirst du ihm nicht sagen!«, schrie Tahnee wütend. »Wie peinlich wäre das denn!«

»Das sagt die Richtige! Wer hat denn unsere Familie vor der ganzen Gemeinde blamiert! Die letzte Versammlung zu Hause war für uns alle schrecklich! Ich war froh, als ich wieder zur Schule fahren konnte.«

»Na, ihr beiden«, sagte auf einmal eine Stimme hinter ihnen. »Kleines Familientreffen?«

Tahnee und Nouma blieben vor Schreck stehen. Laisa ging lachend an ihnen vorbei.

»Ob sie was gehört hat?«, fragte Tahnee.

»Keine Ahnung! Und ehrlich gesagt, ist mir das auch egal. Wenn sie es weiß, wird sie es sofort Malaki sagen, davon kannst du ausgehen. Und auch das ist mir egal!«, schrie Nouma und ließ Tahnee stehen.

In den nächsten Wochen arbeitete Tahnee weiter am Windprojekt mit, lernte mit Tangisia die technischen Details und gab sich große Mühe, dass Malaki nicht auffiel, dass sie nur mit halbem Herzen dabei war. Sie wusste, dass sie es ihm so bald wie möglich sagen musste. Aber wie sollte sie das machen, ohne die wenigen Stunden, die sie zu zweit hatten, zu zerstören?

Und dann passierte etwas, das alles veränderte.

Tahnee wurde ins Büro gerufen, wo sie zu ihrem Schrecken ihren Vater vorfand. Er war noch nie während des Schuljahres hierhergekommen. Was wollte er? Sie zurückholen? Damit hatte sie nicht gerechnet.

»Es tut mir leid!«, fing sie an. »Ich …«

Aber der Vater winkte ab. »Es geht um Großvater.«

»Hat er sich gemeldet? Wo ist er jetzt? Auf Nanumea?«

Der Vater schüttelte den Kopf und knetete nervös seine Finger. Dann holte er tief Luft und sagte: »Er ist auf Samoa im Krankenhaus gestorben. Vor Erschöpfung. Zwei Wochen ist er in seinem Boot im Meer getrieben und dann hat ihn ein Fischfrachter aufgegriffen und nach Samoa gebracht. Aber sie konnten ihn nicht retten. Und haben auch erst jetzt seine Identität herausgefunden.«

Es dauerte eine ganze Weile, bis Tahnee klar wurde, was er gesagt hatte: Ihr Großvater war tot, der letzte Funken Hoffnung gestorben. »Und Großmutter? Wie geht es ihr?«

»Mutter ist für ein paar Tage zu ihr gefahren«, erzählte der Vater. »Sie hatte natürlich schon damit gerechnet, aber doch immer noch ein wenig gehofft.«

Schon nach kurzer Zeit musste der Vater wieder zurück zu seinem Boot. Am liebsten wäre Tahnee mitgefahren, um ihre Großmutter zu trösten. Aber der Vater bestand darauf, dass sie sich um ihre Prüfungen kümmerte. »Das will auch Großmutter. Sie hat sich sehr für dich eingesetzt. Du kannst dir sicher vorstellen, was das für eine Aufregung war, als du einfach geflüchtet bist! Aber sie meinte, du wolltest unbedingt lernen und die Prüfung bestehen wegen eines Stipendiums. Und das kann ich sogar verstehen. Aber jetzt musst du auch beweisen, dass du es ernst damit meinst!««

Tahnee blieb wie betäubt zurück. Drei Tage lang lag sie mit hohem Fieber in ihrem Bett und starrte an die Decke. Sobald sie die Augen schloss, sah sie ihren Großvater vor sich, lebendig und voller lustiger Ideen. Sobald sie die Augen wieder öffnete, kam die Erinnerung an den Besuch des Vaters zurück. Die Erinnerung daran, dass er tot war.

Nouma und Tangisia kümmerten sich sehr liebevoll um sie. Tangisia brachte ihr jeden Tag einen Brief von Malaki. Besuchen konnte er sie nicht.

Nur ganz langsam erholte Tahnee sich. Sie nahm wieder am Unterricht teil, auch am Windprojekt, zog sich aber sonst viel zurück und dachte über den Großvater nach, dem es nichts genutzt hatte, dass er der beste Bootsführer des Atolls war. Er war immer sehr stolz darauf gewesen, dass er die Zeichen der Natur lesen konnte wie ein Buch. Er wusste genau, wann man aufs Meer fahren durfte und wann man besser zu Hause blieb. Aber die Zeichen hatten sich verändert, so sehr, dass niemand dieses Buch mehr richtig lesen konnte. Und darum musste er sterben.

Schade, dass Salesi nicht da war. Tahnee hätte ihr gerne gesagt, wie recht sie hatte. Es reichte nicht aus, ein Projekt nach dem anderen zu machen. Es würde die weitere Erwärmung des Meeres nicht verhindern, wenn Tuvalu, wie der Präsident es wollte, 0 % Kohlenstoffdioxid produzierte. Es würde nicht verhindern, dass die Natur sich weiter veränderte und das Wetter verrücktspielte. Nichts würde sich ändern, solange die Länder nicht mitmachten, die Schuld daran hatten, dass auf Nanumea die Nahrung versalzte, die Fische wegblieben und Monsterwellen Menschen in den Tod rissen.

Schließlich traf Tahnee für sich eine Entscheidung: Sie würde aus dem Windprojekt austreten und sich den *Warriors* anschließen. Aber wie sollte sie das bloß Malaki erklären? Als sie wieder einmal Hand in Hand am Strand entlanggingen, nahm sie ihren ganzen Mut zusammen und erzählte ihm von Salesi und ihren eigenen Gedanken in den letzten Wochen nach dem Tod des Großvaters und davon, dass sie kein neues Projekt machen, sondern einen anderen Weg gehen wollte.

»Ich weiß nicht, ob die *Warriors* etwas verändern können, aber ich muss es einfach versuchen«, erklärte sie zum Abschluss und sah ihn etwas ängstlich an. Würde er sie verstehen?

Malaki hörte ihr aufmerksam zu. Er war enttäuscht, das sah man ihm an, aber sagte dann doch: »Ich denke, jeder sollte das tun, was er für richtig und wichtig hält. Und für dich ist es im Moment wichtig zu protestieren. Das verstehe ich.«

Als sie bei der nächsten Versammlung der *Warriors* erschien, freuten sich alle, nur Laisa starrte sie erstaunt an.

»Bist du sicher, dass du hier richtig bist? Oder kommt Malaki auch gleich? Bevor wir sie mitarbeiten lassen, solltet ihr wissen«, wandte sie sich an die anderen *Warriors*, »dass Tahnee kein Interesse an irgendwelchen Projekten hat. Sie geht dahin, wo auch Malaki ist. Stimmt doch, Tahnee, oder?«

Tahnee war starr vor Schreck. Also hatte Laisa sie an jenem Abend mit Nouma doch belauscht.

Die anderen schauten Tahnee fragend an. Ihr Bruder Petala sprang auf und schrie Laisa an: »Was soll das? Was redest du denn da, Laisa?«

»Die Wahrheit! Frag sie doch, warum sie beim großen Klimaprojekt im letzten Jahr mitgemacht hat. Sag ihm, Tahnee, dass ich recht habe!«

Petala schaute Tahnee fragend an.

»Ich … also ich …«, fing Tahnee an.

»Also stimmt es!«, unterbrach Petala sie. »Du hast uns allen die ganze Zeit etwas vorgespielt?«

Tahnee brachte kein Wort mehr heraus.

»Was willst du dann hier?«, wollte Laisa wissen. »Wir können nur Leute gebrauchen, die für unsere Sache brennen.«

Am liebsten wäre Tahnee davongelaufen, so wie sie das immer machte. Aber diesmal blieb sie stehen, holte tief Luft und sagte: »Seit ich die Nachricht von meinem Großvater bekommen habe, habe ich viel nachgedacht.« Sie zeigte auf ein Plakat an der Wand, das die *Warriors* überall in der Schule aufgehängt hatten: »*To the rest of the world: We are not drowning! We are fighting!*« Das Motto, unter dem die *Warriors* aller Pazifikinseln zu einer gemeinsamen Protestaktion aufriefen.

»Es fühlt sich gut an, wenn man einmal alles herausschreien kann«, fuhr Tahnee fort. »Dann fühlt man sich nicht mehr so hilflos. Und vielleicht muss man schreien, damit man gehört wird. Vielleicht ist jetzt der Moment, in dem wir alle laut schreien sollten, und ich möchte dabei sein.«

Eine Weile schauten sie alle schweigend an. Dann meinte Laisa plötzlich: »Das mit deinem Großvater tut mir sehr leid. Ich bin zu den *Warriors* gegangen, nachdem mein kleiner Bruder bei einem Sturm durch einen Baum erschlagen wurde … Ich denke, wir versuchen es mit dir.« Die meisten nickten, niemand schien dagegen zu sein.

17

Die nächsten Wochen sah Tahnee Malaki kaum. Er musste für die Abschlussprüfungen lernen, nur mit einem guten Ergebnis hatte er eine Chance, an der Marineschule aufgenommen zu werden. Die gemeinsamen Stunden bei der Projektarbeit fielen nun auch weg. Aber bisher hatten sie es immer geschafft, sich davonzuschleichen. Tahnee hatte das Gefühl, dass er ihr ganz bewusst aus dem Weg ging.

»Ja, klar, geht er dir aus dem Weg«, erklärte Tangisia, als Tahnee sie um Rat fragte.

»Weil ich jetzt bei den *Warriors* mitmache? Er hat gesagt, er versteht es.«

»Weil sich rumgesprochen hat, warum du an dem Klimaprojekt teilgenommen hast. Alles Fake deine Begeisterung. Das hat ihn sicher verletzt.«

»Laisa! Ich wusste es!«

»Nein, nicht Laisa. Ich weiß nicht, wer ihm erzählt hat, was auf eurer Versammlung passiert ist, aber Laisa war es nicht. Sie verteidigt dich sogar.«

»Wie soll ich es ihm erklären, wenn er nicht mit mir sprechen will?«

»Schreib es auf. Ich bringe ihm dann den Brief.«

»Und wenn er ihn zerreißt?«

»Dann hast du es wenigstens versucht. Mehr kannst du nicht machen. Ja, er ist verletzt, und du hättest ehrlicher zu ihm sein sollen. Aber es ist passiert und er sollte dir zumindest eine Chance geben, darüber zu reden.«

Also schrieb Tahnee einen Brief, in dem sie sich entschuldigte und versuchte, so gut es ging, alles zu erklären. Tangisia brachte ihn noch am selben Tag zu Malaki.

Und dann begann das Warten.

Vergeblich. Die Antwort blieb aus.

Irgendwann gab Tahnee es auf. Auch für sie standen Prüfungen bevor, die sie unbedingt bestehen musste. In jeder freien Minute saß sie am Computer und las alles, was sie über die *Warriors* finden konnte.

Am besten gefiel ihr die Aktion mit der Kanublockade, die bekannteste Aktion der Klimakrieger im Jahr 2014. Sie hatte in Newcastle in Australien stattgefunden, wo der größte Kohlehafen der Welt lag. Klimakrieger aus zwölf pazifischen Inselstaaten hatten mit ihren Kanus zwölf mit Kohle beladene Schiffe an der Ausfahrt aus dem Hafen gehindert. »Lasst die fossilen Brennstoffe in der Erde!«, lautete ihre Forderung. »Stellt um auf erneuerbare Energien!« Die Bilder gingen um die ganze Welt.

Als sich ein Jahr später die Politiker in Paris trafen und versprachen, den Ausstoß von Treibhausgasen drastisch zu senken, um die Erderwärmung auf jährlich unter 2 % zu reduzieren, war Hoffnung da, dass sich etwas änderte. Vergeblich.

»Warum müssen wir leiden und die Industrienationen schauen zu und leben weiter, als ob es uns gar nicht gäbe«, dachte Tahnee wütend. »Wir sind längst untergegangen, wenn sie endlich aufwachen.«

Traditionell veranstaltete die Schulleitung in der Woche nach den Prüfungen einen Diskussionstag, in der verschiedene Schülerteams sich zu einem bestimmten Thema mit Worten bekämpften, bis am Ende durch das gemeinsame Votum aller Schüler und Lehrer ein Sieger feststand.

Das Thema dieses Schuljahres lautete: »Wie begegnen wir dem Klimawandel bei uns? Auswanderung, Klimaprojekte zur Verringerung des CO_2-Ausstoßes oder Beteiligung an internationalen Protesten?« Jede Gruppe musste sich für einen Weg entscheiden, den sie dann gegen die anderen Gruppen verteidigen musste.

Die Gruppe, die sich für die Auswanderung entschieden hatte, bekam die wenigsten Stimmen, Tahnees *Warriors* dagegen kamen bis ins Finale zusammen mit Malakis Gruppe. Malaki hielt ein Schlusswort, in dem seine Begeisterung für die Windenergie viele Schüler mitriss, und bekam einen riesigen Applaus.

Tahnee sollte das Schlusswort für die *Warriors* übernehmen. »Das schaffe ich nie! Er war einfach zu gut«, flüsterte sie Laisa zu und drückte ihr das Mikro in die Hand. »Du musst das Schlusswort halten.«

Laisa schüttelte den Kopf. »Ich kann überhaupt nicht reden. Denk einfach an den Tag, als du zu uns kamst. Ich wollte dich nicht dabeihaben, weil ich dachte, dir fehlt die Begeisterung. Aber sie ist da! Also stell dich jetzt hin und kämpfe!«

Tahnee nahm das Mikro und begann mit zittriger Stimme: »Projekte sind gut für die Umwelt, für uns … bessere verlässlichere … billigere Energie.« Sie räusperte sich.

Einige fingen an zu kichern. Erste Zwischenrufe: »Lauter! Wir verstehen nichts!«

»Wir alle wollen verlässlichen billigen Strom, Kühlschränke und Computer und Handys. Und das können wir haben, wenn wir viele neue Projekte auf die Beine stellen wie unsere Biogasanlage, den Windpark und so weiter.« Mit jedem Satz wurde ihre Stimme kräftiger. »Aber es geht eigentlich nicht um Kühlschränke, Fernseher oder neue Computer. Es geht um unser Überleben hier auf Tuvalu.

Was nutzen uns die klimafreundlichen Kühlschränke, die Computer, wenn unsere Inseln schon bald nicht mehr bewohnbar sind. Der Boden versalzen ist, das Regenwasser nicht ausreicht, die Monsterwellen immer höher und immer öfter kommen. Dann müssen wir irgendwann alle doch auswandern.

Die Welt wird uns nicht helfen, weil sie gar nichts von uns weiß. Und darum müssen wir gemeinsam mit anderen Pazifikinseln aufstehen und ihnen zurufen: Wir haben ein Recht zu leben – so wie ihr. In unserer Heimat, die ihr durch eure Fabriken und Abgase zerstört. Wer gibt euch das Recht zu entscheiden, wer überleben darf und wer nicht? Und darum lautet unsere Botschaft: Wir gehen nicht unter! Wir kämpfen! Weil wir nicht länger Opfer eurer Energiepolitik sein wollen.« Tahnee machte eine Pause. »Nur so können wir unsere Heimat retten.«

Schon der Applaus zeigte, was hinterher die Abstimmung unter den Schülern bestätigte und auch das Votum der Lehrer: Die *Warriors* hatten die Diskussion gewonnen.

Tahnee traute sich nicht in Malakis Gesicht zu sehen, als er ihr und Laisa gratulierte. Laisa umarmte sie. »Wow! Das hätte ich dir nicht zugetraut. Ich bin froh, dass du in unsere Gruppe gekommen bist!«

Auch Tangisia fiel ihr begeistert um den Hals. »Diesmal war deine Begeisterung echt! Du hast *dein* Projekt gefunden!«

Vielleicht hatte ihr Sieg ihr den Weg zu Malaki aber endgültig versperrt, denn er ging ihr nach wie vor aus dem Weg.

»Ich hätte das Schlusswort nicht halten dürfen«, sagte sie verzweifelt zu Tangisia.

»Vergiss ihn einfach!«, meinte Tangisia, die Mitleid mit Tahnee hatte und Malaki zur Rede gestellt hatte. »Ich habe ihm gesagt, er soll wenigstens einmal mit dir sprechen, aber er hat nur den Kopf geschüttelt und ist gegangen.«

Die Prüfungsergebnisse brachten zum Glück keine böse Überraschung. Tahnee hatte bestanden, wenn auch nicht so gut wie erhofft. Am letzten Abend in der Schule gab es noch ein großes Abschiedsfest mit Tanz. Hier hätte es Gelegenheiten gegeben, um sich heimlich zu treffen, so wie im letzten Jahr, aber Malaki hatte ganz offenbar und für alle sichtbar kein Interesse mehr.

Sie würden sich auch in den Ferien auf Nanumea nicht sehen, denn Malaki würde direkt zur Aufnahmeprüfung nach Amatuku fahren. Und am Ende der Ferien würde Tahnee mit ihrer Familie auswandern. So hatte es der Vater beschlossen.

Ob sie sich jemals wiedersehen würden, stand in den Sternen. Und so blieben Tahnee nur ihre Muschelkette und die Erinnerungen an die vielen Stunden, in denen sie von einer gemeinsamen Zukunft geträumt hatten.

18

Drei Tage später stand Tahnee an Deck der Nivaga. Das Schuljahr war beendet, die Sommerferien lagen vor ihr und sie hielt Ausschau nach Nanumea, das jeden Moment am Horizont auftauchen musste.

»Es ist das letzte Mal, dass wir zusammen nach Hause fahren!«, sagte Tangisia, die neben ihr stand.

Tahnee nickte. Sie hasste diese letzten Male, die immer öfter kamen.

»Hoffentlich steht unser Haus noch an derselben Stelle«, meinte Tangisia. »Vater hat gesagt, wenn es noch mal weggeschwemmt wird, wandert er auch aus.«

Tahnee hielt sich die Ohren zu. Sie wollte jetzt nicht an Monsterwellen oder ihre bevorstehende Auswanderung erinnert werden. Die Sonne ging hinter der Lagune unter und tauchte die Inseln in ein rotes Licht. »Schau nur, Tangisia! Es sieht wunderschön aus!«

»Ja, wunderschön – aber nur bis zum nächsten Sturm!«, antwortete Tangisia.

Am Hafen standen die Eltern, um ihre Kinder zu begrüßen. Tahnee hatte sich vor dieser Rückkehr gefürchtet. Vor allem vor ihrem Urgroßvater. Und als die Mutter zwar mit Nouma fröhlich plauderte und lachte, sobald Tahnee aber mit ihr sprechen wollte, nur unwillig das Gesicht verzog und sich abwendete, schienen sich ihre Befürchtungen zu bestätigen. Ihr gutes Zeugnis interessierte sie auch nicht. Im Gegensatz zu ihrem Vater. »Ich bin sehr stolz auf dich«, sagte er.

Am Abend gab es eine *faatele* mit Festessen und Tanz. Alles war wie immer und doch ganz anders. Der bevorstehende Abschied der Familie überschattete das unbeschwerte Zusammensein. Bis zuletzt hatte Tahnees Mutter es zu verhindern versucht. Sie hatte sogar den Pfarrer gebeten, mit dem Vater zu reden. Vergeblich. Der Vater glaubte nicht an die Bibelstellen, die der Pfarrer zitierte. Sein Entschluss stand fest.

Wie viele andere Familien, die auswanderten, würden sie erst einmal auf das Hauptstadtatoll Funafuti ziehen, um das Geld für die Flugtickets und die Visa zu verdienen. Da auf Nanumea fast alle Selbstversorger waren, gab es keine Möglichkeit, dort Geld zu verdienen. Das Geld, das die Menschen brauchten, um Benzin für das Motorboot, Petroleum für die Küche oder zusätzliche Nahrung im *fusi* zu kaufen, bekamen sie von Verwandten, die zur See fuhren oder bereits in Übersee lebten. Für weitere Ausgaben reichte es nicht.

Tahnee nutzte die letzten Tage, um das zu machen, was ihr so schwerfiel: Abschied nehmen. Von ihren Freundinnen, von ihren Tanten und Onkeln. Ihr Urgroßvater, der immer noch verärgert war, dass sie sich über sein Verbot hinweggesetzt hatte, wollte sie nicht sehen, aber das war Tahnee nur recht. Sie hatte keine Lust, mit ihm über Malaki zu reden. Sie wusste ja selbst, dass es das Beste war, Malaki zu vergessen – auch wenn es ihr immer noch wehtat, dass er sich einfach von ihr abgewandt hatte.

Erst zwei Tage vor der Ankunft des Schiffs, das sie nach Funafuti bringen würde, fing Tahnees Mutter an, die Sachen der Familie einzupacken. Einige Matten, Töpfe, zwei Koffer mit Kleidung. Alles andere blieb zurück. Um das Haus und das Land der Familie würden sich die zurückbleibenden Familienmitglieder kümmern.

Ein letztes Mal stieg Tahnee in ihr Kanu und fuhr nach Lakena. Die Großmutter erwartete sie schon. Sie aßen Tomatensalat und frisch gekochtes *paw paw* mit *pi* aus den Kokosnüssen, die Tahnee frisch vom Baum gepflückt hatte.

Danach saßen sie noch lange beisammen. »Ich habe Angst, Großmutter. Manchmal weiß ich nicht mehr, was richtig und was falsch ist. Ich weiß, dass Auswandern keine Lösung ist. Es ist nur ein Aufgeben, weil man keine Hoffnung mehr hat, dass man was ändern kann. Ich will nicht aufgeben. Aber was soll ich machen, wenn die ganze Familie geht? Kannst du nicht noch einmal dein *mataili* befragen.«

Die Großmutter lachte leise und schüttelte den Kopf. »Man kann die gleiche Frage nicht zweimal stellen. Die Antwort wird die gleiche sein: Es wird alles gut. Am Ende wirst du die richtige Lösung finden. Aber du musst geduldig sein … Unsere Vorfahren haben immer in Einklang mit der Natur gelebt, weil sie wussten, dass sie nur so überleben konnten. Das wissen wir heute auch noch, zumindest hier auf unserer Insel. Aber wir sind nur eine kleine Perle in der großen Kette der Völker und die anderen Völker schlafen, weil die Monsterwellen sie noch nicht erreicht haben.

Wenn unser Volk angegriffen wurde, dann haben unsere Vorfahren immer gekämpft. Sie sind nicht vor der Gefahr geflüchtet. Du musst lernen zu kämpfen, Tahnee. Nicht mit dem Schwert, sondern mit Worten! Darum geh, mach deine Schule zu Ende, studiere und lerne, wie du den Schlaf der anderen Völker unterbrechen kannst, damit sie die Gefahr erkennen, in der nicht nur unser Volk lebt, sondern auch sie, auch wenn sie es noch nicht spüren.«

Und dann war der Tag des Abschieds da. Am Hafen drängten sich Verwandte und Freunde. Niemand wusste, ob sie sich jemals wiedersehen würden.

Kisten mit den persönlichen Sachen und mit frisch geernteten Pulakaknollen, Bananen, Kokosnüssen und Papayas wurden ins Beiboot gelegt und dann mit den laut quiekenden Schweinen und zwei Mofas zuerst an Bord der Nivaga gebracht. Anschließend folgten die Passagiere, die alle mit Blumenketten geschmückt worden waren.

Als das Schiff losfuhr, stand Tahnee oben an Deck und warf wie alle anderen ihre Blumenkette ins Wasser als gutes Omen, dass sie eines Tages zurückkehren würden. Sie schaute zum Hafen hinüber, wo die winkende Gestalt ihrer Großmutter immer kleiner wurde und schließlich verschwand, als das Schiff in die Passage zum Ozean abbog. Onkel Wawe hatte ihr versprochen, dass er sich um die Großmutter kümmerte, und sie wusste, dass er sein Versprechen halten würde.

Es war nicht Tahnees erster Abschied von Nanumea. Jedes Mal, wenn sie zur Schule fuhr, musste sie für Monate Abschied nehmen – aber in dem sicheren Wissen, sie würde in den Ferien zurückkehren. Diesmal war alles anders, diesmal würde es wohl ein Abschied für immer sein, auch wenn sie sich fest vornahm, eines Tages zurückzukommen.

19

Die Nivaga fuhr nun auf offenem Meer. Jede Seemeile brachte sie ein Stück weiter weg vom Paradies, das keiner von ihnen verlassen wollte. Verdrängt waren die Sturmfluten, die Angst in den Nächten, wenn das Meer über ihren Häusern zusammenschlug.

Die Kinder hatten den Abschied sehr schnell vergessen, tobten auf dem Boot herum und kreischten vor Vergnügen, während sie die vorbeispringenden Delfine beobachteten. Tahnees Schwester Nouma hatte Glück gehabt, dass ihre beste Freundin auch mit ihrer Familie auswanderte, sodass sie sich nicht ganz so alleine fühlte wie Tahnee.

Ihre Mutter saß betrübt mit den anderen Frauen auf ihrer Matte am Boden; sie redeten leise miteinander. Endlich nach drei Tagen und drei Nächten fuhr die Nivaga durch die Passage in die Lagune des Atolls Funafuti. Wie auf einer Muschelkette reihten sich die neun Inseln um die Lagune herum. Direkt vor ihnen lag die Hauptinsel Fongafale mit der Hauptstadt von Tuvalu und mehr als sechstausend Einwohnern.

Es wurde still auf dem Boot, während alle Augen auf den näher kommenden Hafen und die dort versammelten Menschen starrten. Der Vater stand am Steg und winkte ihnen zu, neben ihm Verwandte der Familie, die schon länger auf Fongafale lebten, um dort zu arbeiten. Auch eine Schwester des Vaters mit ihrer Familie war unter ihnen. Die Mutter, die die ganze Zeit sehr bedrückt gewesen war, winkte zurück. Und zum ersten Mal seit der Abfahrt lächelte sie ein wenig. Dort standen einige ihrer besten Freunde, von denen sie vor Jahren Abschied genommen hatte.

Tahnees Augen wanderten weiter nach links zur kleinen Insel Amatuku, wo Malaki zusammen mit ihrem Bruder Petala am Tag zuvor angekommen sein musste, um seine zwölfmonatige Ausbildung zum Seemann anzutreten.

Würde sie ihn jemals wiedersehen? In den vergangenen Wochen hatte Tahnee immer wieder versucht, ihn aus dem Kopf zu bekommen. Aber es war ihr nicht gelungen. Sie berührte mit ihrer Hand die Kette mit den kleinen weißen Muscheln, die er ihr geschenkt hatte, als alles noch in Ordnung war, und die sie seitdem um den Hals trug.

Nachdem die Nivaga am Steg angelegt hatte, halfen viele Hände beim Aussteigen und Ausladen der Kisten. Besonders die Kisten mit den Pulakaknollen und die Schweine wurden begeistert empfangen.

Plötzlich – wie aus dem Nichts – stand Malaki vor Tahnee.

Tahnee starrte ihn an, als würde sie einen Geist sehen. »Was machst du hier?«, flüsterte sie. »Ich dachte, du bist auf Amatuku.«

»Ich habe mein Boot verpasst … mit Absicht«, sagte er und grinste. »Ich habe auf dich gewartet. Tangisia hatte recht, ich bin ein Idiot. Ich hätte mit dir reden sollen. Aber ich war verletzt und meine Freunde haben über mich gelacht. Es tut mir so leid.«

Tahnees Vater runzelte die Stirn, als er Malaki sah. Aber bevor er etwas sagen konnte, legte Malakis Onkel den Arm um ihn und meinte lachend: »Einer unserer zukünftigen Seemänner! Das mit der Pünktlichkeit muss er noch lernen. Wir hätten uns nicht getraut, gleich am ersten Tag zu spät zu kommen, oder?« Genau wie Tahnees Vater war er jahrelang zur See gefahren.

»Nein, bestimmt nicht. Das wird sicher Ärger geben!«, meinte Tahnees Vater.

»Jeder von uns hat schon mal ein Boot verpasst. Lassen wir ihn heute Abend ein letztes Mal auf unserer *faatele* tanzen. Das nächste Jahr wird hart genug.«

Der Vater hatte zwei Nachbarn organisiert, die Autos mit Ladeflächen besaßen, und jeder half mit, die Kisten der Familie aufzuladen. Einem der Schweine gelang es, sich loszureißen und davonzulaufen. Es gab ein großes Durcheinander, als alle versuchten, es wieder einzufangen.

Malaki nutzte das Durcheinander, um Tahnee zu einem Mofa zu ziehen. »Mein Cousin Kausaga hat es mir ausgeliehen. Los, steig auf!«

Tahnee schaute sich ängstlich zu ihren Eltern um. Der Vater war mit dem Bepacken der Autos beschäftigt. Die Mutter, umgeben von Nanumeaern, die sie alle kannten, lachte so fröhlich wie seit Wochen nicht mehr. Ihre Brüder jagten das ausgebrochene Schwein und Nouma war bereits mit der Familie ihrer Freundin zum neuen Haus gefahren.

Niemand würde sie vermissen. Also sprang sie hinten auf das Mofa und Malaki fuhr los. Sobald sie den Hafen hinter sich gelassen hatten, legte Tahnee ihre Arme ganz fest um Malaki und ihren Kopf an seinen Rücken. Sie hatte nicht zu hoffen gewagt, dass sie Malaki noch einmal wiedersehen würde, und nun war er ihr auf einmal so nah.

Sie fuhren auf der großen geteerten Hauptstraße Richtung Norden. Von der Umgebung bekam sie nicht viel mit. Es interessierte sie auch nicht, wo sie langfuhren. Hauptsache, es dauerte noch lange, am besten die ganze Nacht hindurch.

Doch schon nach kurzer Zeit bremste Malaki ab. »Dort drüben wohnen die meisten Auswanderer aus Nanumea zusammen in einer Gemeinde, die sie Nanufuti nennen. Euer Haus liegt weiter unten am Teich. Besser, sie sehen uns nicht zusammen.«

Dann drückte er ihr einen Zettel in die Hand. »Meine Handynummer. Kausaga hat mir das Geld für ein Handy geliehen. Er arbeitet am Hafen und verdient gut. Er kann dir auch ein gebrauchtes Handy besorgen.«

Als sich ein Auto näherte, verabschiedete Malaki sich schnell und brauste davon. Tahnee sah ihm nach, bis er hinter der nächsten Kurve verschwunden war.

Schon von Weitem hörte Tahnee fröhliche Stimmen. Vor einem der Häuser standen die Kisten der Familie, ein Schwein war bereits im Stall der Nachbarn untergebracht, das andere wurde gerade zum Strand gezerrt, um es dort für den Abend zu schlachten.

Die größte Enttäuschung aber war das Haus, das der Vater gemietet hatte. Tahnee wusste natürlich, dass ihre Familie jeden Dollar sparen musste, weil Fongafale nur eine Zwischenlösung war. Auf dem Weg hierher war sie an vielen neu gebauten Häusern vorbeigefahren. Dieses hier gehörte nicht dazu.

Es lag am Rande eines Teiches, in dem früher einmal Pulakaknollen wuchsen. Die Betonpfähle, auf denen es stand, sollten verhindern, dass das Teichwasser bei Flut ins Haus eindrang. Es bestand wie die Häuser auf Nanumea nur aus einem großen Raum, in dem gegessen und geschlafen wurde.

Tahnee hörte, wie ihr Vater zur Mutter sagte: »Es ist ja nur für den Übergang.« Auf Fongafale herrschte Wohnungsnot, da von allen Inseln die Menschen in die Hauptstadt kamen und das zur Verfügung stehende Land begrenzt war.

Tahnee stellte sich ans Fenster und schaute hinunter auf den Teich, in dem rostige Blechdosen, Plastikflaschen, zerbeulte Töpfe und Reste von kaputten Möbeln und andere Abfälle schwammen. Es stank unangenehm.

»Willkommen auf Fongafale!«, sagte eine Stimme hinter ihr. Tante Louana, Vaters älteste Schwester, die schon vor Jahren hierher ausgewandert war. »Man gewöhnt sich daran. Außer im Regierungsviertel wirst du überall Müllberge sehen.«

»Ich dachte, es gibt eine Mülldeponie.«

»Die ist viel zu klein für den Müll. Es kommen immer mehr Leute hierher. Und das Land, auf dem wir leben, ist zu klein für eine weitere Deponie. Wenn du Kokossaft trinkst, kannst du die leere Schale wegwerfen und sie verrottet. Aber Plastikflaschen und Blechdosen bleiben. Wenn Tuvalu nicht im Meer versinkt, dann wird es unter den Müllbergen versinken.«

Abends wurden die neu angekommenen Familien in der Gemeindehalle von Nanufuti mit einer *faatele* und einem Festessen begrüßt. Malaki war mit seinem Onkel und seinem Cousin gekommen. Tahnee war glücklich, ihn zu sehen, auch wenn sie es vermied, länger in seine Richtung zu schauen.

Es war offenbar niemandem aufgefallen, dass sie mit Malaki gefahren war, aber sie wusste auch, dass sie beide an diesem Abend unter ständiger Beobachtung stehen würden. Das *tapu* galt auch hier.

Als sie wieder einmal zu Malaki hinübersah, trafen sich für einen kurzen Moment ihre Blicke. Sie streichelte mit der Hand über die weißen Muscheln an ihrem Hals. Das zärtliche Lächeln in seinen Augen konnte nur sie sehen und ließ sie vergessen, wie furchtbar die letzten Wochen ohne ihn gewesen waren.

20

Auf Fongafale warteten neue Herausforderungen auf die Familie, das machte der Vater gleich am nächsten Morgen beim Frühstück sehr deutlich. »Wir müssen in den nächsten Monaten sehr sparsam leben und auch noch Geld dazuverdienen. Wir haben zwar das Visum für Neuseeland, aber noch können wir keine Flugtickets bezahlen.«

»Nouma und ich können Tante Louana in ihrem Garten helfen, dann bekommen wir von ihr Obst und Gemüse umsonst«, sagte Tahnee.

Der Vater nickte zufrieden, denn es lohnte sich nicht, einen eigenen Garten anzulegen, da sie ja sobald wie möglich weiterreisen wollten. »Onkel Wawe wird Pulakaknollen und Brotfrüchte schicken. Verhungern werden wir also nicht.«

Zum Glück konnte er weiter auf dem Patrouillenboot fahren, aber das Geld wurde für die Miete und das Schulgeld gebraucht. »Louana hat erzählt, dass sich im Gemeindehaus die Frauen treffen, um Muschelketten, Fächer und Bastmatten mit den Mustern aus Nanumea herzustellen«, sagte die Mutter. »Dreimal in der Woche kommt das Flugzeug von den Fidschi-Inseln. Und die Frauen dürfen am Flughafen verkaufen.« Man sah ihr an, dass sie nicht glücklich war, dass ausgerechnet sie, die ja gar nicht fahren wollte, Geld für die Ausreise verdienen sollte.

»Du könntest versuchen, im Supermarkt oder in einem Restaurant einen Job zu finden«, meinte der Vater zu Tahnee. »Aber nur, wenn du neben der Schule Zeit dafür hast.«

Sie nickte. Das hatte sie sowieso vorgehabt, allerdings weniger, um Geld für die Ausreise zu verdienen, sondern um sich ein gebrauchtes Handy zu kaufen, mit dem sie Malaki anrufen konnte.

Wenn Tahnee morgens vom Krähen der zahllosen Hähne, die zwischen den Häusern herumliefen, geweckt wurde, hielt sie die Augen ganz fest geschlossen und stellte sich vor, sie wäre wieder auf Nanumea. Auch die Geräusche und Stimmen um sie herum und aus den umliegenden Häusern und der Geruch des Feuers, auf dem die Mutter die Reste vom Abendessen warm machte, erinnerten sie an zu Hause.

Dieses Gefühl versuchte sie so lange wie möglich zu behalten. Und das gelang auch, solange sie nicht aus dem Fenster auf den dreckigen Teich herunterschaute, der in der Sonne unerträglich stank.

Zumindest das Zusammenleben der Familien aus Nanumea glich in vielem dem Leben auf ihrer Heimatinsel. In den Häusern rund herum wohnten viele Bekannte und Verwandte aus ihrem Dorf, die den neu angekommenen Familien halfen, sich einzugewöhnen. Die meisten von ihnen wollten dauerhaft auf Fongafale bleiben, sodass sie ihre Häuser mit fließendem Wasser, Strom und sogar Kühlschränken ausgestattet hatten.

Abends kochten die Frauen oft gemeinsam und danach wurde mit allen Familien zusammen gegessen, meist in dem größten Haus, das Tante Louana und ihrem Mann gehörte. Wenn der Vater unterwegs war, schliefen Tahnee, ihre Mutter, Nouma und die beiden Brüder auch dort. Nur selten in dem Haus am Teich.

Nur wenn der Vater von seinen Patrouillenfahrten zurückkam, rollten sie ihre Matten ein und gingen zurück. Meist drehten sich die Gespräche der Eltern dann um die bevorstehende Auswanderung nach Neuseeland, die sich die Mutter jetzt aber noch weniger vorstellen wollte. Wenn sie schon nicht auf Nanumea leben konnte, dann wenigstens auf Funafuti.

Sonntags gingen auch hier alle in die Kirche, die Frauen meist in weißen Kleidern, die Männer in ihren schönsten Sulus. Tahnee und ihre Familie wurden in der Gemeinde freundlich aufgenommen und die Mutter engagierte sich schon bald in zahlreichen Gruppen und Komitees. Auch sonst war sie meist im Gemeindesaal der Kirche zu finden, wo sie mit anderen Frauen Karten spielte oder Feste vorbereitete.

In den Gottesdienst ging sie allerdings hier nur ungerne, auf keinen Fall zweimal am Sonntag wie auf Nanumea. »Man weiß nie, wer predigt«, erklärte sie. »Unser Pastor sagt, dass der Klimawandel eine Strafe Gottes ist für unsere Fehler wie bei Noah. Aber wenn wir es bereuen, dann kann Gott jederzeit alles wieder zum Guten bringen. Aber diesen jungen, neuen Prediger, der manchmal da ist, den mag ich gar nicht!«

Tahnee, die sie manchmal begleitete, schätzte ihn umso mehr. Er sprach genau das aus, was sie selbst glaubte: dass man sich nicht hinsetzen und abwarten konnte, bis Gott eine Arche schickte.

»Man muss sich informieren, dann überlegen, was man selbst tun kann, um unser Atoll zu retten, oder man muss sich vielleicht sogar entscheiden, auszuwandern. Gott wird uns die Kraft geben für die eine oder die andere Entscheidung.« Tahnee saß neben ihrer Mutter und Tante Louana, als der neue Prediger diese Worte sprach. Sie hallten wie ein unerwarteter Donnerschlag durch den Kirchraum. Die Mutter war wie erstarrt. Tahnee, die neben ihr saß, hörte, wie sie entsetzt schnaubte.

Erst als sie den Kirchhof verlassen hatten, fingen Mutter und Tante Louana an zu schimpfen. »Ich bin froh, wenn der wieder auf Reisen geht! Er ...«

»Aber er hat doch recht!«, unterbrach Tahnee sie. »Gott wird helfen, aber nicht, indem er eine Arche schickt. Wir müssen schon selbst kämpfen.« Endlich einmal bekam die Mutter auch von einem Priester gesagt, dass sie die Worte der Bibel nicht wörtlich nehmen durfte.

Die Mutter und Tante Louana schauten Tahnee entsetzt an. »Was weißt du denn schon?«, schimpfte die Mutter. »Woher willst du wissen, was Gott tut oder nicht tut?«

Tahnee aber beschloss nach dieser Predigt, dass es Zeit wurde, nach einer Gruppe der *Warriors* auf Fongafale zu suchen.

21

Doch bevor sie sich um die *Warriors* kümmern konnte, kam die Jobsuche. Die wenigen Restaurants, die es gab, brauchten zu ihrer Enttäuschung keine Aushilfe, aber im einzigen Hotel der Stadt hatte Tahnee Erfolg. Der Besitzer war sofort begeistert, als sie sich vorstellte, weil sie nicht nur sehr gut Englisch sprach, sondern sich auch mit den Folgen des Klimawandels bestens auskannte. Sie sollte Ökotouristen und Mitglieder der verschiedenen internationalen Projekte, die in seinem Hotel übernachteten, über die Insel führen.

»Bislang hat mein Sohn Melei die Führungen gemacht, er geht nun aber zum Studium nach Neuseeland«, erklärte der Hotelbesitzer. »Du schaust dir die nächsten zwei Tage einfach mal an, wie er das macht. Und wann immer du möchtest, springst du zwischendurch ein und erzählst zum Beispiel über dein spannendes Klimaprojekt. Danach kannst du die Führung alleine machen.«

Aufgeregt fand sie sich am nächsten Tag vor dem Hotel ein, wo Melei und eine Gruppe junger Amerikaner, die sich die Klimaschäden vor Ort ansehen wollten, sie schon erwarteten.

Zunächst ging es mit dem Motorboot über die Lagune hinüber zur Insel Tepuka Savilivili. »Ich fange meine Führungen immer hier an«, erklärte Melei und zeigte auf den kleinen grauen Felsen, der sich aus dem blauen Meer erhob. »Hier haben vor zwanzig Jahren noch Palmen gestanden. Die immer höher steigende Flut hat nach und nach die Wurzeln unterspült, die Bäume kippten um und dann kam der Zyklon Meli und hat den Sand und die ganze Vegetation weggeschwemmt.

So wie hier wird es bei uns bald überall aussehen. Je höher der Meeresspiegel steigt, desto größer wird die Gefahr für unser Land, auch für die größeren Inseln.«

»Ich habe gelesen, dass die Gefahr, dass die Inseln versinken, nicht so groß ist. Sand wird an anderer Stelle wieder aufgespült.« Ein Student, der sich als David vorgestellt hatte, war sehr gut informiert.

Melei lächelte. »An einigen Stellen wird tatsächlich wieder Sand angespült. Unser Hauptproblem ist aber, dass unsere Inseln unbewohnbar werden, weil die Böden und unsere Brunnen versalzen. Keine Nahrung, kein Trinkwasser, das wird das Ende von Tuvalu sein.«

Hier mischte sich Tahnee das erste Mal ein. Sie erzählte von Nanumea und den versalzenen *pits* ihrer Familie. Von der großen Dürre im Jahr 2011, als es kein Wasser zum Trinken mehr gab und Wasserkanister aus Neuseeland geschickt werden mussten.

Zurück auf Fongafale ging es mit dem Bus über die Insel. Es gab nur eine größere Straße, die von Nord nach Süd über die ganze Insel führte. Auf der einen Seite lag der Ozean, auf der anderen die Lagune, dazwischen ein oft weniger als 20 Meter breiter Landstreifen, über den die hohen Wellen vom Ozean bis in die Lagune hinüberschlagen konnten. Kokospalmen und Mangrovenbäume, die die Straße zu beiden Seiten säumten, standen so nahe am Wasser, dass die Erde um ihre Wurzeln herum ausgehöhlt war und man befürchten musste, dass die nächste hohe Welle ihnen endgültig den Halt nehmen würde.

Nach einer Weile hielt der Bus an. »Hier habe ich früher sogar bei Flut Fußball gespielt«, erzählte Melei. »Jetzt ist der

Strand selbst bei tiefster Ebbe nur noch fünf Meter breit. Wenn wir ein Stück weitergehen, kommen wir an das Land meines Onkels. Ihm sind durch die steigenden Fluten zehn Meter von seinem Land weggespült worden. Auch die Gräber seiner Eltern. Ich habe ihm nach der letzten Flut geholfen, wenigstens die Knochen seines Bruders zu retten, die wir noch rechtzeitig ausgraben und weiter oben neu beerdigen konnten.«

Die Touristen schwärmten aus, um Fotos und Videos zu machen. Auf dem Rückweg hielten sie auf Tahnees Vorschlag hin an der Riesenpfütze vor der Gemeindehalle von Nanufuti an, die durch den Regen am Vortag zu einem großen See geworden war. Die Touristen standen staunend davor und beobachteten die großen Blasen, mit denen neues Wasser in die Pfütze blubberte.

»Wer möchte, kann gerne mal das Wasser probieren. Es ist salzig.« Tahnee erzählte ihnen von der Süßwasserlinse, die unter jedem Atoll lag und durchlässig geworden war, sodass Meerwasser eindringen konnte und das Grundwasser versalzte. »Die Korallen, aus denen der Boden der Atolle besteht, sterben durch die Erwärmung des Meerwassers und so dringt das salzige Wasser in Blasen nach oben und versalzt den Boden. Ein Korallenriff dient den kleinen Fischen auch als Brutplatz. Wenn das wegfällt, haben die großen Fische nichts mehr zu fressen und ziehen woanders hin und das ist ein großes Problem für uns. Wir hier auf den Inseln essen kaum Fleisch, wir ernähren uns von Fischen. Und die bleiben weg.«

»Gut gemacht!«, flüsterte Melei Tahnee zu, die sehr erleichtert war, weil die Amerikaner so aufmerksam zugehört hatten. Aber auch vor den Fragen der Touristen fürchtete sie sich nicht mehr. Sie war sich sicher, dass sie auf die meisten eine

Antwort finden würde, weil sie ja im Grunde nur das erzählen musste, was sie täglich erlebte.

Melei berichtete seinem Vater, wie gut sich Tahnee mit dem Klimawandel auskannte, und der war sehr erleichtert, dass er mit Tahnee eine kompetente Nachfolgerin für seinen Sohn gewonnen hatte. »Hier sind deine zehn Dollar und wenn du Trinkgeld bekommst, kannst du das natürlich auch behalten.«

»Heute waren es nur Studenten. Die geben kein Trinkgeld, dafür sind sie sehr aufmerksam und wirklich am Klimaschutz interessiert«, erklärte ihr Melei. »Am meisten geben aber die Touristen, die gekommen sind, weil sie es spannend finden, Orte zu besuchen, die bald versinken werden oder vom nächsten Vulkanausbruch bedroht sind. Katastrophentouristen nennen wir sie. Ich mag sie nicht, weil sie kein Interesse daran haben, uns zu helfen.«

Am nächsten Morgen sollte es zu ihrer Überraschung mit Melei nach Amatuku gehen. Tahnee starrte Melei überrascht an.

»Amatuku, wo die Marineschule ist?«

Er nickte. »Heute kommen Leute aus Samoa und Fidschi, um sich das Zentrum für erneuerbare Energien anzusehen. Sie wollen bei sich etwas Ähnliches aufbauen.«

»Ich war schon mal da«, erzählte Tahnee. »Dort steht die Biogasanlage, die für unser Schulprojekt Vorbild war. Einige aus unserem Projekt haben dort an einem einwöchigen Schülertraining teilgenommen.«

»Dann kannst du ja die Führung übernehmen«, meinte Melei erleichtert. »Ich mache die Fahrt nach Amatuku zum ersten Mal.«

Zwanzig Minuten dauerte die Fahrt. Tahnee konnte vor Aufregung kaum atmen. Zum Glück erzählte Melei die allgemeinen Infos. »Die Insel ist nur einen Kilometer lang und zweihundert Meter breit. Nur die Professoren und andere Angestellte des Marinetrainingszentrums mit ihren Familien leben hier. Dazu kommen hundertzwanzig angehende Seeleute pro Ausbildungsjahr.«

Und einer von ihnen ist Malaki, dachte Tahnee. Wenn sie Glück hatte, lief er ihr über den Weg und vielleicht hatte er Zeit und sie konnten am Strand spazieren gehen, während die Touristen Picknick machten oder die Biogasanlage besichtigten.

Die nächsten zwei Stunden konnte Tahnee sich kaum auf ihre Führung konzentrieren, sodass Melei besorgt fragte: »Ist alles in Ordnung? Geht es dir gut?«

»Ich habe Kopfschmerzen«, sagte sie, was nicht einmal gelogen war. »Hast du was dagegen, wenn du alleine mit der Gruppe in die Biogasanlage gehst? Ihr habt dort ja einen Spezialisten für die Führung.«

»Kein Problem! Wir treffen uns dann in zwei Stunden am Hafen.«

Direkt gegenüber der Anlegestelle lag die Marineschule. Tahnee versteckte sich zwischen den dichten Büschen und beobachtete den Eingang.

Wenn sie nur wüsste, wo das Büro war. Aber was sollte sie der Sekretärin sagen? »Ich suche meinen Freund. Wissen Sie, in welcher Klasse er ist?« Und selbst wenn sie Malaki finden sollte, würde er wahrscheinlich nicht alleine sein. Wahrscheinlich war es ihm sogar peinlich vor seinen Freunden, dass sie gekommen war. Und was Petala dazu sagen würde, daran mochte sie erst gar nicht denken.

Also setzte sie sich an den Strand bei der Anlegestelle, schloss die Augen und träumte, dass Malaki vorbeikam … Alleine.

»Was machst du denn hier?«

Erschrocken fuhr sie hoch. Es war nicht Malaki, der plötzlich vor ihr stand, sondern ihr Bruder, der sie wütend anstarrte. »Wie kannst du nur hierherkommen?«, zischte er ihr zu.

»Ich habe einen Job als Führerin. Ökotouristen. Die Leute sind in der Biogasanlage.«

»Das glaube ich dir nicht! Du bist wegen Malaki hier. Aber selbst wenn er hier wäre, dürfte er dich nicht treffen. Besucher sind nicht erlaubt. Das hier ist eine Marineschule.«

»Wieso wäre? Wo ist Malaki?«

»Keine Ahnung. Er ist gar nicht mit uns gefahren. Er wollte seinen Onkel kurz besuchen und dann nachkommen. Aber bis jetzt ist er nicht aufgetaucht. Und das sollte er besser auch nicht machen. Hier sind alle ziemlich verärgert. Die Schule hat ihn gestrichen. Eine zweite Chance wird er nicht bekommen.«

»Bei seinem Onkel war er, aber am nächsten Morgen ist er schon ganz früh weg zum Hafen. Vielleicht ist ihm etwas passiert?«

»Keine Ahnung! Ich muss zurück in den Unterricht. Und du nimmst das nächste Boot zurück. Vergiss Malaki. Das bringt nur neuen Ärger.« Kopfschüttelnd ging Petala davon.

Wo war Malaki?

Das war das Einzige, woran Tahnee in den nächsten Stunden denken konnte. Wenn ihm etwas zugestoßen war, würde sie es jemals erfahren? Fongafale war so viel größer als Nanumea. Und es lebten so viele Menschen darauf, sodass nicht jeder jeden kannte. Auf Nanumea hatte sie es oft gehasst, dass man nichts machen konnte, ohne dass es am nächsten Tag die ganze Insel wusste. Aber jetzt wünschte sie sich genau das. Auf Nanumea konnte niemand verschwinden, ohne eine Spur zu hinterlassen.

22

Wie so oft wünschte Tahnee sich Salesi oder Tangisia herbei. Mit ihnen hätte sie über Malakis Verschwinden reden können. Sein Onkel schien ihn sehr zu mögen, wie man am ersten Abend sehen konnte. Und wenn sie ihn abends beim gemeinsamen Essen traf, wäre sie am liebsten zu ihm gegangen und hätte ihn gefragt, ob er wusste, wo Malaki war. Aber die Antwort würde wahrscheinlich sein: Auf Amatuku, wo sonst? Nicht einmal Petala wusste, wo er sich aufhielt.

Ihr fiel ein, dass Kausaga ein Handy hatte. Ebenso wie Malaki. Sie könnte ihn bitten, seinen Cousin anzurufen. Aber sie hatte Angst. Sie kannte ihn zu wenig. Schon einmal hatte sie einem Freund von Malaki vertraut, aber Niua hatte das nur für seine eigenen Zwecke ausgenutzt.

Da blieb nur ihre Cousine Taeniti, mit der sie sich angefreundet hatte. Tahnee hatte zwar nicht vor, mit ihr über Malaki zu reden, aber Taeniti hatte ein Mofa, mit dem sie nachmittags am liebsten über die Insel fuhr und Freunde traf. Sie war sofort bereit, Tahnee die schönen Seiten der Insel zu zeigen, damit sie das an ihre Touristen weitergeben konnte.

Taeniti brauste durch das Regierungsviertel, wo Tahnee zum ersten Mal in ihrem Leben ein dreistöckiges Haus sah. Direkt daneben stand der Bungalow des Gouverneurs, der als Repräsentant der britischen Königin hier residierte. Tuvalu war bis 1978 eine englische Kolonie gewesen und immer noch Mitglied im Commonwealth. Damit war die englische Königin bis heute das offizielle Staatsoberhaupt von Tuvalu, auch wenn sie eigentlich nichts zu sagen hatte.

Taeniti erzählte und erzählte. Ihre Worte rauschten an Tahnees Ohren vorbei. Sie hielt Ausschau nach Malaki, beobachtete die Menschen auf der Straße, in den Hauseingängen. Manchmal glaubte sie, sie hätte ihn gesehen, aber jedes Mal war es nur eine Täuschung.

Quer durch die Hauptstadt zog sich die Flugzeuglandebahn, auf der dreimal in der Woche ein Flieger von den Fidschi-Inseln landete. Für den Rest der Woche war die Flugbahn ein Spielplatz für die Kinder und Jugendlichen.

»Hier treffen wir uns immer zum Volleyballspielen«, erzählte Taeniti.

Kinder schoben Schubkarren, die mit Futter- und Wassereimern gefüllt waren, auf die andere Seite, wo die Schweineställe lagen. Hunde und Schweine liefen herum. Auf den Rasenflächen daneben saßen Menschen in Gruppen zusammen, sahen den Spielern zu und picknickten.

»Und wenn ein Flugzeug landet?«, fragte Tahnee.

»Dann kommt ein Feuerwehrauto mit einer Sirene und die Polizei jagt alle von der Fahrbahn, auch die Hunde und Schweine, und sammelt den Müll auf.«

Auf dem Rückweg kamen sie an der *University of the South Pacific* vorbei. Schon von Weitem hörten sie die Musik vom Campus. Als sie am Eingang vorbeifuhren, sah Tahnee auf einem Plakat das vertraute Zeichen mit den überkreuzten Schwertern, das Symbol der *Warriors*. Das Plakat kündigte eine Veranstaltung mit Milikini Failautusi an, eine der bekanntesten *Warriors* von Tuvalu.

»Halt, stopp! Anhalten!«, schrie Tahnee ihrer Cousine ins Ohr.

Als sie erschrocken bremste, zeigte Tahnee auf das Plakat.

Taeniti nickte. »Die ist richtig toll! Ich habe sie schon mal reden hören. Wollen wir reingehen?«

»Unbedingt. Ich habe eine ihrer Reden im Internet gesehen.«

Im Innenhof waren viele Studenten und andere Zuschauer versammelt. Auf der großen Bühne tanzte eine Mädchengruppe. Nachdem die Mädchen die Bühne verlassen hatten, nahm eine junge Frau das Mikro in die Hand. Unter dem Jubel der Zuschauer begann Milikini Failautusi zu reden, während Tahnee sich begeistert nach allen Seiten umschaute. Plötzlich sah sie Malaki, der ein paar Meter hinter ihr in der Menge stand und zu ihr herüberschaute. Doch als sie ihm zuwinken wollte, machte er nur ein erschrockenes Gesicht und legte den Finger auf seinen Mund.

»Schau mal, ist das nicht Malaki?«, rief ihre Cousine, die Tahnees Blick gefolgt war. »Was macht der denn hier?«

Einen Moment später war Malaki verschwunden. Tahnee starrte ratlos auf die Stelle, wo er gerade noch gestanden hatte.

»Tahnee, war das nicht Malaki? Das war doch Malaki!«, beharrte Taeniti aufgeregt.

»Malaki?«, rief Tahnee, die endlich ihre Sprache wiedergefunden hatte. Sie lachte, in ihren Ohren etwas zu schrill. Aber die Cousine merkte nichts. »Malaki ist auf Amatuku. Wie kann er hier sein? Sie haben dort ganz strenge Regeln. Da kann man nicht einfach mit dem Boot woanders hinfahren.«

Bevor die Cousine weiter nachbohren konnte, zog Tahnee sie nach draußen. »Los komm, lass uns zurückfahren. Ich habe Mutter versprochen, beim Kochen zu helfen.« Von der Bühne schallten die Worte von Milikini Failautusi zu ihnen rüber, doch heute konnten sie Tahnee nicht erreichen.

Am Abend trafen sich alle zum gemeinsamen Essen im Haus von Malakis Onkel. Die Stimmung war sehr fröhlich und steckte nach einer Weile auch Tahnee an, die immer noch über ihre Begegnung vom Nachmittag grübelte. Inzwischen war sie sich selbst nicht mehr ganz sicher, ob sie Malaki tatsächlich gesehen hatte.

»Wir haben heute Malaki gesehen! Auf dem Campus«, erzählte Taeniti plötzlich in die Runde.

»Malaki? Er ist doch auf Amatuku.« Ihre Mutter schaute Tahnee mit gerunzelter Stirn an.

»Ich weiß es nicht, ich habe ihn nicht gesehen«, sagte sie und hoffte, dass die Mutter ihr glauben würde.

»Er war es. Ganz bestimmt. Er stand hinter uns, und als ich ihn gerufen habe, ist er abgetaucht«, beteuerte Taeniti.

»Da hast du dich verguckt«, sagte der Onkel. »Die Marinestudenten dürfen nicht einfach das Schulgelände verlassen. Das war schon zu meiner Zeit so.« Und damit war das Thema für alle abgeschlossen.

Nur Malakis Cousin Kausaga schaute Tahnee nachdenklich an. Als sie den Blick senkte, stand er auf und ging nach draußen. Tahnee sah, wie er telefonierte.

Es war schon spät, als sie in ihr Haus zurückkehrten und ihre Schlafmatten ausbreiteten. Als die Mutter feststellte, dass sie die Reste des Abendessens, die an alle für das Frühstück verteilt worden waren, vergessen hatte, schickte sie Tahnee noch einmal zurück.

Im Haus des Onkels brannte noch Licht, durch die weit geöffnete Tür konnte sie laute Stimmen hören.

»Ich möchte nicht, dass er es von anderen hier aus Nanufuti erfährt. Du weißt, was das für ein Gerede gibt.«

Zu ihrer Überraschung erkannte Tahnee Malakis Stimme. »Ich habe einen Brief an meinen Vater mit der Nivaga nach Nanumea geschickt. In zwei Tagen wird er Bescheid wissen, dass ich hier lebe und studiere. Dann kann ich öfter hierherkommen.«

Tahnee schlich sich näher heran.

»Es wird ein Schlag für die ganze Familie sein. Du bist der einzige Junge und sie haben deinen Verdienst fest eingeplant«, rief der Onkel. »Es wird Jahre dauern, bis du mit dem Studium fertig bist und Geld verdienen kannst. Von deinem Stipendium kannst du sicher nichts abgeben.«

Als Tahnee sah, wie sich der Onkel der Tür näherte, lief sie zurück. »Unsere Essensreste hat die Tante jetzt anderen mitgegeben. Sie wusste ja nicht, dass ich noch mal zurückkomme«, erklärte sie der Mutter.

Tahnee wartete, bis alle schliefen. Dann schlich sie erneut zurück zum Haus des Onkels. Sie war sich sicher, dass Malaki die Nacht über nicht hierbleiben würde, denn dann würden ihn morgen früh alle sehen und genau das musste er ja vermeiden. Sie wollte mit ihm reden, sobald er das Haus seines Onkels verließ.

Aber dort waren die Lichter ausgegangen und Malaki offenbar schon gefahren. Enttäuscht und traurig ging sie zurück ins Haus.

23

Eine Woche später begann für Tahnee die Schule, zu der ihr Vater sie angemeldet hatte. Es war eine Tagesschule, die Schüler kamen ausschließlich von den Inseln des Atolls Funafuti. Die neue Schuluniform, ein pinkfarbenes Kleid mit weißem Kragen und weißen Ärmeln, fühlte sich ungewohnt an. So wie die ganze Situation am ersten Morgen. Zusammen mit ihrer Cousine machte Tahnee sich mit dem Mofa auf den Weg.

Tahnee wurde von ihrer Klassenlehrerin als eine der Gewinnerinnen des großen globalen Klimapreises für Highschools vorgestellt. Ihre neuen Mitschüler waren begeistert. Auch hier war der Klimawandel mit seinen Folgen für Tuvalu ein zentrales Thema und die Schule nahm an verschiedenen Projekten teil. So gab es gleich zu Beginn des Schuljahres einen zweitägigen Workshop, der von den *Pacific Climate Warriors* geleitet wurde.

Als zwei Tage später die Klassentür aufging, traute Tahnee ihren Augen nicht. Neben zwei jungen Frauen kam Malaki zur Tür herein, alle drei in T-Shirts mit den zwei überkreuzten Schwertern drauf. Er zwinkerte ihr zu und stellte sich dann der Klasse mit den Worten vor: »Ich bin Malaki, studiere im ersten Semester Umwelttechnik.« Was die beiden Frauen machten, bekam Tahnee gar nicht mehr mit. Sie hatte nur Augen für ihn.

»Siehst du, er war es doch!«, flüsterte Taeniti ihr zu. »Und Seemann wird er jetzt auch nicht! Na, da wird sich sein Vater aber gar nicht freuen!«

Das Projekt, um das es ging, war ein weltweiter Aufruf der »Fridays for Future«-Bewegung. »Die schwedische Schülerin Greta Thunberg, die so alt ist wie ihr, hat alle zu einem Klimastreik am 20. September aufgerufen«, sagte Malaki. »Ihr wisst, wer Greta ist?«

Alle nickten. Taeniti zeigte auf ein Foto, das ihre neue Klassenlehrerin ausgedruckt und an die Wand gehängt hatte. Es zeigte Greta, wie sie mit ihrem Schulranzen vor dem schwedischen Reichstag saß, neben sich ein Plakat: *»Skolstrejk for klimatet.«*

»Auch wir hier in Tuvalu machen mit«, sagte eine der Frauen, die sich als Teresa vorgestellt hatte. »In zwei Wochen findet in New York der Klimagipfel der UN statt und zum ersten Mal gibt es einen eigenen Jugendklimagipfel, wo Milikini Failautusi Tuvalu vertritt. Am Freitag, einen Tag vor dem Beginn der Konferenzen, finden weltweit Demos statt, unsere auf der Landebahn. Dafür möchten wir heute Plakate mit euch malen. Welche Klimaprobleme gibt es bei uns? Was wünschen wir uns von den Politikern? Euer Einsatz lohnt sich, es wird ganz viel Presse da sein!«

An der Tafel wurden Vorschläge gesammelt:

»Rettet unseren Planeten!«

»Für mich gibt es keine Zukunft, wenn ihr jetzt nicht handelt.«

»Unsere Zukunft liegt in euren Händen!«

»Der Klimawandel und die Erderwärmung – das sind keine Fake News! Sie sind real!«

Als Malaki herumging, um das Material zu verteilen, begrüßte Taeniti ihn fröhlich: »Also bist du doch kein Geist! Ich wusste es. Warum bist du neulich so schnell verschwunden?«

»Es tut mir leid«, antwortete Malaki und schaute dabei nur Tahnee an. »Ich musste meinem Vater doch erklären, warum ich nicht zur See fahren will. Er sollte es von mir erfahren und nicht von jemandem hier aus der Gemeinde, der mich zufällig gesehen hat. Gestern kam das Boot zurück. Der Bootsmann hat meinem Vater persönlich den Brief gegeben. Er hat sogar gewartet, bis er ihn gelesen hat. Das Boot lag eine Nacht und einen Tag im Hafen, aber mein Vater hat keine Antwort mitgeschickt. Er ist bestimmt sehr wütend, aber das habe ich erwartet. Und jetzt ist es auch egal, ob es alle erfahren.«

»Er ist süß!«, flüsterte Taeniti Tahnee zu, nachdem Malaki weitergegangen war. »Ob er schon eine Freundin hat? An eurer alten Schule vielleicht?«

»Er war sehr beliebt«, sagte Tahnee und beugte sich schnell über ihr Plakat, auf das sie das Logo der *Pacific Climate Warriors* gemalt hatte. Darunter standen die Worte: »Wir sind keine Opfer! Wir werden nicht untergehen! Wir kämpfen für unser Recht zu leben!«

Am Ende des Vormittags stellten sich alle mit ihren Plakaten draußen auf dem Schulhof für ein Foto auf, das über Facebook, Twitter und Instagram um die Welt gehen sollte. Danach verteilten die *Warriors* T-Shirts mit ihrem Logo und Motto an alle, die eins haben wollten, und verabschiedeten sich. »Wir sehen uns am 20. 9. auf der Landebahn. Ein Programm bekommt ihr noch.«

Als Malaki an Tahnee vorbeiging, flüsterte er ihr zu. »Ich warte bei den Mofas.«

Eigentlich hatte Tahnee ihrer Cousine versprochen, dass sie noch zusammen mit ein paar Freundinnen Hausaufgaben machten. Stattdessen rief sie Taeniti zu: »Ich muss noch zum

Hotel wegen einer neuen Führung.« Ohne ihre Antwort abzuwarten, lief sie hinter den Schülern her, die mit Malaki und den beiden anderen Klimakriegern Richtung Mofaparkplatz gingen.

Die meisten fuhren Richtung Zentrum, nur Malaki bog in die andere Richtung ab. Tahnee legte ihre Arme um ihn und drückte sich fest an ihn. Irgendwann hörte die geteerte Straße auf. Auf einer Sandpiste ging es immer weiter nach Norden, bis sie an die Spitze der Insel kamen. Hier hielt Malaki an und zog sie vom Mofa.

»Endlich!«, sagte er und nahm sie in die Arme. »Ich war vor zwei Tagen bei meinem Onkel und dann habe ich lange vor eurem Haus gewartet, aber du hast wohl schon geschlafen.«

»Du hättest noch ein wenig länger warten sollen. Als ich kam, warst du nicht mehr da.«

»Du brauchst unbedingt ein Handy«, sagte Malaki, als sie sich auf den Rückweg machten. »Kausaga könnte dir ein gebrauchtes Handy besorgen.«

»Das kann ich nicht bezahlen. Was ich verdiene, muss ich zu Hause abgeben für die Flugtickets nach Neuseeland. Mir bleibt nur das Trinkgeld.«

»Mein Stipendium reicht gerade für die Miete und die Studiengebühren … Aber ich könnte vielleicht bei meinem Onkel einziehen«, überlegte Malaki. »Dann würde ich die Miete sparen und wir können für dich ein Handy kaufen. Und wir sehen uns öfter, bei jeder *faatele* kann ich dabei sein.«

Am Abend fuhr Malaki bei seinem Onkel vorbei, um mit ihm über seine Idee zu sprechen. Und tatsächlich. Malakis Onkel war begeistert, dass er bei ihm und seiner Familie einziehen wollte. Eine Familie lebte zusammen, so wollte es die Tradition. Dass sein Neffe in einer Mietwohnung mit Freunden lebte, hatte ihm ohnehin nicht gefallen.

Von der eingesparten Miete besorgte Malakis Cousin ein gebrauchtes Handy und eine Geldkarte. Das Handy wurde zu Tahnees wertvollstem Besitz, garantierte es doch, dass sie Malaki jederzeit erreichen konnte, selbst wenn sie ihm nur eine Nachricht auf die Mailbox sprechen konnte.

Auch der Besitzer des Hotels, für den Tahnee inzwischen jede Woche ein bis zwei Führungen machte, war froh, sie endlich besser erreichen zu können. Die zehn Dollar gab sie jedes Mal zu Hause ab, das Trinkgeld, das, wie Melei vorausgesagt hatte, tatsächlich manchmal mehr als doppelt so hoch ausfiel, behielt sie für sich.

Sie hatte die Tour ein wenig verändert, fuhr mit den Touristen zunächst an einen Strand, der sie an Lakena erinnerte: weißer Sand, Palmen, die sich im Wind wiegten, Kinder, die fröhlich im Wasser spielten, Fischer in ihren Booten, die ihre Netze auslegten, ein Paradies. Nur wer die Schönheit ihrer Heimat kannte, konnte auch begreifen, was der Klimawandel bereits jetzt schon angerichtet hatte.

Und noch etwas hatte Tahnee neu eingeführt, wenn sie die Katastrophentouristen, die sie genauso wenig mochte wie Melei, über die Insel führte. Diese Leute interessierten sich nicht für die Ursachen des Klimawandels. Sie wollten Sensationen, fragten, wie sich das anfühlte, wenn die Monsterwellen über einem zusammenschlugen. Wie viele Tote es gab. Und wie viele Inseln schon versunken waren. Und wie lange es noch dauern würde, bis es kein Tuvalu mehr gab.

Tahnee beantwortete geduldig ihre Fragen, so wie Melei es ihr geraten hatte. Aber dann stellte sie selbst Fragen: »Ich würde euch viel lieber nur schöne Strände zeigen. Aber das kann ich nicht. Und wisst ihr warum? Ihr kommt alle aus Ländern, die dafür verantwortlich sind, dass meine Heimat unbewohnbar werden wird. Ihr stoßt doch das ganze CO_2 in die Luft. Mein Land hat fast zu 100 % auf erneuerbare Energien umgestellt. Aber was nutzt uns das, wenn ihr in Europa, Australien und Amerika weiterhin durch eure Abgase die Atmosphäre aufheizt und so das Eis zum Schmelzen bringt, die Meere erwärmt und bei uns Überschwemmungen und Monsterwellen verursacht? Unsere Regierung sucht verzweifelt nach Ländern, die uns aufnehmen, wenn wir hier nicht länger leben können. Was hilft es uns, dass ihr hierherkommt und Fotos macht? Wird einer von euch sein Auto abschaffen? Ich wünschte mir, ihr würdet nach Hause fahren, von uns berichten und etwas verändern. Wir haben nur diese eine Erde und irgendwann wird die Klimakatastrophe auch euch erreichen.«

Die Touristen waren schweigsam auf der Rückfahrt, einige tuschelten miteinander. Am Trinkgeld merkte Tahnee, dass ihre Rede nicht bei allen gut angekommen war.

Aber das war ihr egal. Sie fühlte sich jedenfalls besser.

Leider sah das der Hotelbesitzer anders, nachdem sich ein Tourist beschwert hatte. »Du sollst mit den Gästen keine Diskussionen anfangen! Du beantwortest ab jetzt nur noch Fragen. Sie sollen sich bei deiner Führung wohlfühlen. Dafür wirst du bezahlt!«

Tahnee fiel es schwer, ihre Meinung zurückzuhalten, aber sie wollte auch das Geld nicht verlieren. Also zog sie, sobald sie im Bus saß, ihr *Warriors*-T-Shirt an und es dauerte nicht lange, bis der Erste fragte, was die Schwerter bedeuteten.

In aller Ausführlichkeit beantwortete sie die Frage, erzählte von den Protestaktionen der Klimakrieger und davon, dass die jungen Leute auf Tuvalu keine Opfer mehr sein wollten. Sie würden so lange kämpfen, bis die Menschen in den Industrienationen endlich ihr Verhalten änderten.

Sie rechnetete damit, dass es nur eine Frage der Zeit war, bis sich der nächste Tourist über sie beschwerte und sie ihren Job verlor. Aber das war es wert.

24

Und dann kam der 20. September, der Tag des Streiks. Tahnee ging an diesem Morgen nicht in die Schule, weil sie zusammen mit Malaki und den anderen Klimakriegern auf der Landebahn alles für den Nachmittag vorbereiten wollte.

Sie war glücklich wie schon lange nicht mehr. Endlich hatten Malaki und sie wieder ein gemeinsames Projekt, mit dem Unterschied, dass sie es auch ohne ihn gemacht hätte.

Schon lange vor 15:00 Uhr, dem offiziellen Beginn, strömten die Menschen aus allen Richtungen zur Landebahn. Die Schüler waren mit ihren Plakaten gekommen, auch von ihrer Schule auf Vaitupu kamen die *Warriors*. Laisa umarmte Tahnee. »Ich wusste, dass du da sein würdest!«

Auf dem Rasen saßen Familien beim Picknick. Es gab einen Zumba-Tanzwettbewerb, Volleyball-, Fußball- und Anospiele. Auf Tuvalu wurde aus jedem Ereignis ein Fest.

Bevor es losging, stimmte Teresa die Teilnehmer ein. »Heute gehen auf der ganzen Welt Menschen auf die Straße, um für Klimagerechtigkeit zu demonstrieren. Wir auf den pazifischen Inseln starten mit den Demos, weil bei uns die Sonne zuerst aufgeht. Nach uns folgen die Menschen in Asien, in Europa, Afrika und dann in Amerika, wo ab morgen in New York die Politiker beraten werden, ob sie endlich etwas ändern wollen.«

Anschließend drückte sie Tahnee, die neben ihr stand, das Mikro in die Hand. Für einen Moment war sie sprachlos. Sie schaute Teresa etwas hilflos an. »Erzähl einfach, warum du hier mitmachst. Nur ein paar Worte.«

Alle schauten erwartungsvoll zu Tahnee. Sie holte tief Luft. »Ich bin hier wegen meiner Großmutter. Sie hat mir viel von unseren Vorfahren erzählt. Wenn unser Land angegriffen wurde, haben sie nie aufgegeben, sondern gekämpft. Heute wird unsere Heimat von den Ländern angegriffen, die weiterhin ungebremst CO_2 in die Luft ausstoßen. Bevor meine Familie Nanumea verlassen hat, hat meine Großmutter zu mir gesagt: ›Geh und lerne zu kämpfen!‹ Und hier bin ich.« Sie streckte die geballte Faust nach oben und rief: »Wir sind keine Opfer! Wir gehen nicht unter! Wir kämpfen!«

Malaki umarmte Tahnee. »Deine Großmutter wäre stolz auf dich. Ich habe deine Rede mit dem Handy aufgenommen. Dann kannst du es ihr irgendwann zeigen.«

Nach den Reden setzte sich der Zug der Schüler und Studenten, dem sich viele Erwachsene angeschlossen hatten, in Bewegung. Ihre bunten Plakate wehten in der Luft: »*Save Tuvalu – Save the World!*« Zum Schluss gab es noch ein Gruppenbild am Ende der Landebahn.

Während die meisten danach nach Hause gingen, schloss sich Tahnee zusammen mit Malaki den Studenten an, die die ganze Nacht auf dem Campus vor einer großen Leinwand verbrachten, um die Berichte über die Proteste in anderen Ländern zu verfolgen. Überall auf der Welt gingen die Menschen zu Tausenden auf die Straße, 7,5 Millionen insgesamt, wie sie später erfuhren. Sie waren nicht allein! Das war die Botschaft dieser Nacht.

Auch zwei Tage später saßen sie wieder dort und schauten auf die Leinwand, auf der die mit Spannung erwartete UN-Klimakonferenz aus New York übertragen wurde. Da saßen sie, die Vertreter der reichen Industrienationen. Würden sie diesmal etwas ändern? Eine Umstellung der Energieversorgung von fossiler zu erneuerbarer Energie war teuer. Würden sie das Geld ausgeben, um Tuvalu zu retten? Oder waren es wieder nur schöne Worte? Von diesen Frauen und Männern in ihren schicken Anzügen und Kostümen hing es ab, ob sie ihre Heimat verlassen mussten oder ob sie hier überleben konnten.

»Sie spüren noch zu wenig, wie gefährlich die Situation ist. Und wie schnell auch sie betroffen sein können und werden. Und wenn sie endlich aufwachen, ist es für uns zu spät«, sagte Malaki, der neben Tahnee saß, etwas mutlos.

Die Stimmung auf dem Campus war gedrückt.

Und dann bestieg Greta das Podium. Darauf hatten sie alle gewartet. Sie war sehr wütend. »Menschen leiden. Menschen sterben. Ökosysteme brechen zusammen. Wir sind am Anfang eines Massenaussterbens und alles, woran ihr denken könnt, sind Geld und Märchen von ewigem Wachstum. Wie könnt ihr es wagen?«, rief sie den Politikern zu. »Wir werden etwas verändern. Ob die Erwachsenen das mögen oder nicht.«

Es war ganz still auf dem Campus vor der großen Leinwand siebentausend Kilometer von New York entfernt. Dann begann Teresa: »*We are not drowning! We are fighting!*« Andere fielen ein. Erst leise, dann lauter und lauter. Unzählige Hände klatschten den Rhythmus, erst langsam, dann schneller und immer schneller, bis er abrupt abbrach und alle leise nach Hause gingen.

25

In den nächsten Wochen hatte Tahnee kaum eine freie Minute – so sehr nahmen sie die Schule und ihre Mitarbeit bei den Klimakriegern in Beschlag. Malaki ging es ähnlich. Doch hin und wieder lieh er sich ein Motorboot von Kausaga aus, der am Hafen die Boote für Touristen vermietete. Dann fuhren er und Tahnee zusammen auf eine der kleinen Inseln in der Lagune. Während am Wochenende manchmal Einheimische einen Ausflug mit ihren Booten dorthin machten, hatten sie in der Woche die Insel für sich allein.

Als Tahnee eines Abends von einem dieser Ausflüge nach Hause kam, saß ihre Mutter zu ihrer Überraschung mit Onkel Wawe zusammen. »Deine Großmutter hat sich ein Bein gebrochen, Tahnee«, erzählte der Onkel. »Wie das passiert ist, wissen wir nicht genau. Wir haben sie erst nach zwei Tagen gefunden. Sie lag auf einem Platz, wo sonst niemand hinkommt. Und dann war sie ganz verwirrt und hat von irgendwelchen Göttern der Vorfahren geredet.«

»Sie hat bestimmt Kräuter gesucht«, meinte Tahnee. Sie wusste genau, wo es passiert sein musste. Beim *marae*. Hoffentlich hatten die Helfer die Stele nicht gesehen. Großmutter hatte immer große Sorge, dass der heilige Platz durch Touristen oder Ausgräber oder übereifrige Christen zerstört werden könnte.

»Wo ist sie jetzt?«

»Hier auf Fongafale im Krankenhaus. Es ist ein ziemlich komplizierter Bruch, der bei uns auf der Krankenstation nicht behandelt werden konnte. Also habe ich sie hierhergebracht.

Sie wurde gleich heute Morgen nach unserer Ankunft operiert. Sie ... Warte, Tahnee, du kannst jetzt nicht zu ihr!«

Aber Tahnee war längst die Treppen heruntergerannt. Sie setzte sich auf das Mofa ihres Bruders und fuhr los. Im Krankenhaus musste sie lange warten, bis sie endlich zu ihrer Großmutter durfte. Tahnee erschrak, als sie sie blass und völlig erschöpft im Bett liegen sah. »*E ā koulua?* Wie geht es dir?«

»Schon besser. Mach dir keine Sorgen!«, sagte sie mit leiser Stimme und streichelte Tahnees Hand. »Ich wollte Kräuter suchen. An dem heiligen Platz unter dem Schutz der Götter wachsen sie besonders gut. Dabei bin ich gestolpert.«

Vier Wochen musste sie im Krankenhaus bleiben. Tahnee besuchte sie jeden Tag, brachte ihr Essen mit, das die Mutter gekocht hatte, und plauderte mit ihr.

Dann endlich war es so weit und sie konnten die Großmutter aus dem Krankenhaus abholen. Doch bevor Onkel Wawe sie wieder mit nach Lakena nahm, sollte sie noch eine Weile auf Fongafale bleiben, bis ihr Bein richtig verheilt war. Die Großmutter war der Mittelpunkt bei den gemeinsamen Abendessen mit den anderen Familien. Tagsüber saß sie mit den Frauen zusammen, spielte Karten oder flocht Matten. Wenn Tahnee aus der Schule kam, war sie häufig umringt von Tahnees kleinen Brüdern und anderen Kindern aus dem Dorf, die den Worten der Großmutter lauschten. Sie erzählte dann von den alten Göttern, vom Riesen Pulapoupou und von Tefolaha.

Nur die Mutter war damit nicht einverstanden. »Das ist heidnisches Zeug aus der dunklen Zeit unserer Heimat.«

»Es sind die Geschichten unseres Volkes. Sie sind ein Teil unserer Traditionen, so wie die Pulakas, unsere Musik und unsere Sprache«, widersprach Tahnee ihr. »Die stammen dann ja wohl auch aus der dunklen Zeit und müssten verboten werden, oder?«

»Meine Kriegerin!«, sagte die Großmutter stolz und drückte Tahnees Hand.

Eines Morgens zu Beginn der Weihnachtsferien verkündete die Großmutter, dass es Zeit für sie war, nach Lakena zurückzukehren.

Tahnee wäre sehr gerne mitgefahren. Aber es war unmöglich, da Malaki ebenfalls mit dem nächsten Boot nach Hause fuhr, um mit seinem Vater zu reden. Das würde nur neuen Ärger geben.

Die Großmutter nickte verständnisvoll. »Es ist gut, dass er mit ihm spricht, aber ich befürchte, dass sein Vater ihm nicht zuhören wird. In seinen Augen hat er die Familie verraten und das ist in unserer Kultur ein ganz schlimmer Vorwurf.«

»Malaki ist genau wie ich bei den Klimakriegern. Er will für unser Land kämpfen«, verteidigte ihn Tahnee.

Die Großmutter nickte wieder. »Manchmal muss man seine eigenen Entscheidungen treffen, auch wenn sie andere verletzen.« Sie sah Tahnee in die Augen. »Aber auch dafür gibt es Grenzen, die man nicht überschreiten darf.«

Tahnee holte tief Luft. »Ich kenne die Grenze, Großmutter.«

Die Großmutter aber ließ sich von ihren Reiseplänen nicht abbringen und schließlich fuhr der Vater sie am nächsten Morgen zusammen mit Tahnee zum Hafen, wo Malaki, der sich auf der Fahrt um sie kümmern sollte, schon wartete. Er half ihr an Deck, wo die Großmutter dann stand und ihnen fröhlich zuwinkte.

Auch Malaki winkte mit seinem Handy in der Hand, was vor allem eine Botschaft für Tahnee war. Zwar würde Malaki erst in drei Wochen wiederkommen, aber wenn sie großes Glück hatten, funktionierte das Handynetz.

26

Es war das erste Weihnachtsfest, das Tahnee nicht auf Nanumea verbrachte. Sie wünschte sich nichts mehr, als in diesen Tagen dort zu sein, obwohl sich die Gemeinde in Nanufuti große Mühe gegeben hatte, alles so herzurichten, wie es auf Nanumea Tradition war. Das letzte Schiff vor Weihnachten brachte Pulakaknollen, Bananen und alles, was an Zutaten für das Festessen bei der *faatele* gebraucht wurde. Auch Kisten mit Blumen, die von den Frauen zu den traditionellen Girlanden geflochten wurden, kamen an. Das Gemeindehaus wurde geschmückt, jeder Pfeiler mit Bändern aus getrockneten, gefärbten Pandanusblättern umwickelt. Die Frauen nähten neue Kleider für alle.

Aber es war eben doch nicht so wie zu Hause. Vor allem am Neujahrstag vermisste Tahnee Malaki. An diesem Tag zogen Kinder und Jugendliche immer nach dem Mitternachtsgottesdienst von Haus zu Haus und sangen. Die Leute gaben ihnen kleine Essensgeschenke oder sprühten Parfum und Puder über die Gruppe. Es war ein Riesenspaß, der bis zum Sonnenaufgang dauerte.

In diesem Jahr machte Tahnee nicht mit, obwohl ihre Cousine sie unbedingt dabeihaben wollte. »Du wirst sehen, wir haben genauso viel Spaß wie auf Nanumea!«

Niemals, dachte Tahnee, während sie am Strand saß und aufs Meer hinausschaute. Es fehlte in diesem Jahr das Wichtigste: Malaki! Ausgerechnet an diesem Tag! Vor genau zwei Jahren waren sie zusammen mit den anderen auf Nanumea unterwegs gewesen. Nach dem vorletzten Haus, nachdem die anderen weitergezogen waren, hatte Malaki sie am Arm zurückgehalten. Versteckt hinter einer Kokospalme hatte er sie zum ersten Mal geküsst.

Was er wohl gerade jetzt machte? Zog er mit seinen Freunden los? Vorbei an ihrer Kokospalme? Oder saß er auch am Strand und träumte von ihr?

In diesem Moment klingelte ihr Handy. In der Stille der Nacht klang es erschreckend laut. Von weit her, begleitet von starkem Rauschen, hörte sie seine leise Stimme: »*Au e fia ki a koe!* – Ich vermisse dich!«

»Ich dich auch! Wann kommst du zurück?« Tahnee konnte kaum sprechen, so glücklich war sie in diesem Moment.

»An *Te Po o Tefolaha* fahre ich zu deiner Großmutter. Sie möchte mir etwas zeigen und braucht meine Hilfe. Keine Ahnung was, es scheint ihr aber sehr wichtig zu sein. Und dann nehme ich das nächste Schiff.«

Das Rauschen wurde immer stärker, die Verbindung brach ab.

Tahnee wusste genau, was die Großmutter ihm zeigen wollte. *Te Po o Tefolaha*, der Tag von Tefolaha, war der wichtigste Feiertag auf Nanumea. Aber er sollte nicht an den berühmten Vorfahren der Inselbewohner erinnern. Die Missionare hatten ihn eingeführt, um den Tag zu feiern, an dem der letzte Einwohner zum Christentum übergetreten war. Die Großeltern hatten bei dem Fest nie mitgemacht. Stattdessen waren sie immer zum *marae* gegangen, um Opfergaben auf den Altar zu legen. Tahnee hatte sie oft begleitet. Dass sie nun Malaki dahin mitnahm, machte Tahnee besonders glücklich.

Zwei Wochen später war Malaki wieder da. Sie holte ihn mit dem Mofa ab und war froh, dass er es vor dem großen

Sturm zurückgeschafft hatte. Seit Tagen unterbrachen Wetterwarnungen des meteologischen Instituts mehrmals am Tag die Sendungen von Radio Tuvalu: Für die nächsten Tage wurde ein Sturm mit heftigem Regen, stürmischem Gewitter, orkanartigen Winden und meterhohen Wellen erwartet.

Tahnee und Malaki fuhren wie so oft an die äußerste Spitze von Fongafale. Noch waren nur ein paar kleine Wolken am Himmel zu sehen, die Sonne schien, das Meer war nahezu wellenlos. Nichts deutete auf die Katastrophe hin, die in den nächsten Stunden über Tuvalu hereinbrechen würde. Vielleicht wollten sie die kleinen Anzeichen auch nicht sehen, weil sie drei lange Wochen auf diese Stunden zu zweit gewartet hatten.

Es wurde nur ein kurzer Nachmittag am Strand. Als der Sturm wie aus dem Nichts heraus plötzlich da war und die ersten Wellen immer höher und lauter auf den Strand schlugen und den Sand vor ihnen eroberten, machten sie sich auf den Rückweg. Durch den heftigen Regen und den Wind, der das Wasser von der Ozeanseite über die Sandpiste trieb, wurde es sehr rutschig. Je mehr Gas Malaki gab, umso mehr geriet das Mofa ins Schlingern. Auch von der Lagunenseite kamen die Wellen, nicht so hoch, dafür aber mit Geröll beladen, sodass das Fahren noch schwieriger wurde.

Sie waren erleichtert, als sie endlich die asphaltierte Straße erreicht hatten und nun schneller vorwärtskamen.

»Wir müssen uns irgendwo in Sicherheit bringen!«, schrie Tahnee. »Bevor die Monsterwellen kommen! Da vorne … meine Schule! Die anderen rennen auch dahin!«

Malaki hörte sie nicht, zu laut waren der Sturm und die Wellen. Doch als er die vielen Menschen sah, die auf ihren

Mofas oder zu Fuß von allen Seiten auf ein Gebäude zuströmten, bog er rechtzeitig ab. Auf dem Platz vor der Schule hatte sich ein Riesensee gebildet, die untere Etage stand schon unter Wasser. Sie wateten durch das kniehohe Wasser zur Außentreppe, die in die oberen Klassenräume führte.

Alle Tische und Stühle waren belegt und auch auf dem Boden wurde es schon eng. Tahnee und Malaki fanden einen Platz in der Nähe des Fensters, wo sie sich eng aneinander gekuschelt niederließen. Niemand sprach, auch die Kinder waren ganz still, versteckten sich in den Armen ihrer Eltern, manche hielten sich die Ohren zu und wimmerten leise vor sich hin.

Alle horchten ängstlich auf das Tosen des Sturmes, das Knacken der Bäume rundherum, während der Zyklon, der später den Namen Tino bekommen würde, draußen wütete. Wie die meisten Häuser hatte auch die Schule keine Fenster, die man schließen konnte. Normalerweise brachte der vom Meer kommende Wind eine willkommene Kühlung in der Hitze des Tages. Jetzt aber brauste der Sturm so stark einmal quer durch den Raum, dass jeder, der nicht auf dem Boden saß, umgeworfen wurde.

Die Schule lag nahe am Meer, es war nur eine Frage der Zeit, wann eine der Monsterwellen ihren Weg durch die Fensteröffnungen finden würde. »Wenn das Wasser kommt, Luft anhalten und möglichst unten bleiben, sonst werdet ihr an die Wand oder nach draußen geschleudert. Das Wasser läuft schnell wieder ab«, rief ein alter Mann, der wie die meisten hier seine eigenen Erfahrungen mit den Wellen gemacht hatte.

»Jede Monsterwelle ist anders«, widersprach ein anderer. »Was bei der einen stimmt, kann bei der nächsten ganz falsch sein. Wir können gar nichts tun, nur beten, warten und hoffen.«

Nachdem die Sonne untergegangen war, wurde es schlagartig dunkel draußen und blieb es auch im Gebäude, denn die Stromversorgung auf dem Atoll war zusammengebrochen. Der Sturm wurde immer stärker, mit einem einzigen Ruck riss er das Dach ab und wirbelte es einige Male in der Luft herum. Anschließend schlug es mit einem lauten Knall irgendwo auf dem Boden auf. Nun gab es auch keinen Schutz mehr vor dem Regen.

Und dann kam die Monsterwelle. Sie schlug gegen die Außenwand, die zum Glück dem Druck standhielt, und überspülte den ganzen Raum mit Wasser. Die Menschen wurden durcheinandergewirbelt, ruderten wild mit den Armen und Beinen, ihre Schreie vermischten sich mit dem Tosen des Windes.

Die junge Frau, die mit ihrem Baby auf dem Arm auf dem Tisch vor Tahnee gesessen hatte, wurde heruntergespült. Als sie nach Luft ringend wieder auftauchte, schrie sie verzweifelt: »Mein Baby!«

Tahnee und Malaki tasteten mit ihren Händen im dunklen Wasser, das einen Meter hoch im Raum stand. Malaki tauchte mit dem Kopf unter, konnte aber nichts erkennen. Nach einer gefühlten Ewigkeit lief das Wasser endlich ab. Erschöpft lagen alle auf dem Boden und schnappten nach Luft. Es gab einige leicht Verletzte, aber sie hatten es alle überlebt – bis auf das Baby. Es lag leblos auf dem Boden neben der Wand.

Die junge Frau beugte sich runter, hob es hoch und wiegte es in ihren Armen. Sie weinte leise, und auch Tahnee liefen

139

die Tränen über das Gesicht. Sie legte einen Arm um sie, dann suchte sie nach Malakis Hand.

Bis zum Morgen wütete der Sturm, bis es irgendwann plötzlich ruhig wurde. Erst dann trauten sich die Ersten nach draußen. Die junge Frau wurde von einem Nachbarn nach Hause gebracht. Auch Tahnee und Malaki machten sich auf den Heimweg.

Die Insel war ein einziges Trümmerfeld. Zerdrückte Häuser, entwurzelte Bäume, die mitten auf der Straße lagen, umgekippte Regentonnen. Überall Riesenpfützen, in denen Bananenpflanzen, Möbel und Dächer schwammen. Und überall Geröll und Schlamm. Die Stromversorgung sowie sämtliche Internetverbindungen und Telefonleitungen waren unterbrochen. Die Regierung rief den Notstand aus.

Als Tahnee zu Hause ankam, suchte sie vergeblich nach ihrer Mutter.

»Du lebst!«, rief Tante Louana erleichtert, als sie Tahnee erblickte, und umarmte sie. »Wir haben uns schon Sorgen gemacht!«

»Wo sind alle? Ist ihnen was passiert?«

»Wir waren zusammen in der Kirche …«

»Aber wo sind sie jetzt?«

»Sie suchen nach Tupou.«

»Tupou?« Tahnee schnappte erschrocken nach Luft. »Was ist mit ihm?«

»Er ist verschwunden. Er hat mit Lauti und den anderen Kindern dort drüben am Strand gespielt. Als die Wellen größer wurden, haben wir die Kinder gerufen und sind dann zusammen zur Kirche gelaufen. Es war ein großes Durcheinander. Niemand hat die Kinder gezählt. Erst in der Kirche haben wir festgestellt, dass Tupou fehlt. Dein Onkel ist mit den anderen Männern zurückgelaufen. Aber der Sturm und der Regen … sie konnten ihn nicht finden.«

»Wo genau war er zuletzt?«

»Da drüben, wo die große Kokosnusspalme stand. Lauti hat gesagt, Tupou wollte nur noch einmal springen. Die anderen Kinder sind vorgelaufen.«

Tahnee drehte sich um und lief, gefolgt von Malaki, zum Strand.

»Sie ist weg! Die Palme ist weg!«

Den Lieblingsspielplatz ihrer Brüder gab es nicht mehr. Die Wurzeln der Kokosnusspalme, die dort gestanden hatte, waren schon lange von den Wellen unterspült worden. Dadurch hatte sie sich so schief gelegt, dass ihr Stamm etwa zwei Meter über dem Wasser hing. Die Kinder hatten ihn immer als Sprungbrett genutzt. Nun hatte die Monsterwelle der letzten Nacht die Kokosnusspalme samt Restwurzeln davongerissen. Und mit ihr auch ihren Bruder?

»Komm, wir helfen bei der Suche.« Malaki nahm Tahnees Hand, aber sie stieß sie weg und setzte sich in den Sand.

»Wenn ich da gewesen wäre, hätte ich aufpassen können, dass er mitkommt. Ich hätte da sein müssen.«

»Es hätte aber auch einer von den Nachbarn oder deine Mutter kontrollieren können, ob alle da sind. Du hast doch gehört, was deine Tante gesagt hat. Es war ein großes Durcheinander. Niemand hat Schuld!« Malaki setzte sich neben sie und legte den Arm um sie. Aber diesmal konnte er sie nicht trösten.

Die Suchtrupps kamen ohne eine Spur von Tupou zurück. Erst Stunden später wurde er durch Zufall beim Aufräumen eines zerstörten Hauses gefunden. Er war bewusstlos und hatte eine blutende Wunde am Kopf, aber er lebte. Als Tahnee ihn später im Krankenhaus besuchte, erzählte er, dass er nach Hause gelaufen war, aber im Dorf war niemand mehr gewesen. Dann waren die Wellen gekommen und er war in das nächste Haus geklettert und hatte sich auf dem Boden zusammengerollt. »Und mehr weiß ich nicht.«

In den nächsten Tagen hingen Tahnee und ihre Mutter pausenlos am Radio, über das der zentrale Radiosender die Bevölkerung informierte.

Schon sehr bald meldete sich das Marine-Institut auf Amatuku. Alle angehenden Seemänner waren gesund. Außer Sachschäden und einigen gebrochenen Armen und Beinen war nichts passiert. Alle waren sehr erleichtert, dass es Petala gut ging.

Aber niemand wusste, ob der Vater, der während des Sturmes mit seinem Patrouillenboot auf dem Meer gewesen war, rechtzeitig einen Hafen gefunden hatte. Und Nachrichten von Nanumea gab es auch noch nicht. Wie ging es der Großmutter?

Am schlimmsten war die Ungewissheit.

Einige Tage später kehrte der Vater mit seinem Patrouillenboot zurück. Das Boot war während des Sturms im Hafen von Nanumea eingelaufen und so brachte der Vater auch gleich Nachrichten von den Verwandten mit. Es gab Verletzte, doch zum Glück keine Toten. Der Großmutter ging es gut, auch ihr Haus war diesmal verschont geblieben. Aber die komplette Ernte war zerstört worden und niemand wusste, wovon sie die nächsten Monate leben sollten. Das war auch für die Familien in Nanufuti eine Katastrophe, denn die dort geernteten Früchte waren ein wichtiger Bestandteil ihrer Mahlzeiten.

Am Abend nach Tupous Entlassung aus dem Krankenhaus saßen alle beim Essen zusammen. Dieser Sturm war für Tahnees Vater das letzte Signal für die Auswanderung gewesen. »Es reicht! Wir fliegen so bald wie möglich! Wir haben noch einmal Glück gehabt. Tupou hätte auch tot sein können.«

Alle schwiegen, niemand, nicht einmal die Mutter protestierte. Nouma war zwar traurig, dass sie ihre neuen Freundinnen wieder verlassen musste, aber nach dem letzten Sturm hatte auch sie Angst zu bleiben.

»Ich werde schauen, ob unser Geld wenigstens für die sechs Flugtickets reicht. Sonst leihe ich mir Geld. Wenn wir erst mal in Neuseeland sind, können wir fürs Erste bei Verwandten leben. Hauptsache, wir sind weg, bevor der nächste Sturm kommt.«

»Fünf Flugtickets«, sagte Tahnee. »Ihr braucht nur fünf. Ich bleibe hier. Ich kann bei Tante Louana wohnen. Ich habe sie schon gefragt.«

»Kommt gar nicht infrage! Wir gehen alle! Wir sind eine Familie!«, rief der Vater verärgert.

»Was soll das, Tahnee? Warum willst du hierbleiben? Du hast doch immer gesagt, wir können nicht rumsitzen und warten, dass Gott uns hilft«, schimpfte die Mutter.

»Ja, aber ich habe nicht gemeint, dass man auswandern soll«, sagte Tahnee entschlossen. Sie hatte in der letzten Zeit viel nachgedacht, und nun stand ihr Entschluss fest. »Wenn ich mitkomme, werde ich Großmutter nie wiedersehen! Und ich will auch die Schule nicht noch einmal wechseln. Ich muss in Neuseeland ganz neu anfangen. Da verliere ich bestimmt ein Schuljahr!«

»Ich hätte beinahe einen Sohn verloren!«, schrie die Mutter sie an. »Und du redest vom Verlust eines Schuljahres. Du hast Zeit genug. Auf ein Jahr kommt es nicht an.«

Tahnee schüttelte nur den Kopf. »Ich will schnell fertig werden und dann mithelfen, Tuvalu zu retten. Es können nicht alle auswandern, denn dann haben wir schon jetzt verloren.«

Aber der Vater lehnte jede weitere Diskussion ab. Er lieh sich bei den Verwandten und Bekannten das noch fehlende Geld und fuhr noch am selben Tag zum Flughafen.

Tahnee sprach kein weiteres Mal davon, dass sie hierbleiben wollte. Sie half beim Packen, nahm auch an der Abschiedsfeier in der Gemeindehalle teil, verabschiedete sich von allen Verwandten und Freunden.

Am Tag des Abflugs begleitete das halbe Dorf die Familie zum Flughafen. Tahnee umarmte ihre beiden Brüder. »Ich komme euch bald besuchen«, flüsterte sie, obwohl sie wusste, dass sie noch sehr lange kein Geld für ein Flugticket haben würde.

»Warum willst du uns besuchen?«, fragte Tupou. »Wir fliegen doch gleich zusammen weg!«

Auch Lauti schaute sie verwundert an.

»Ich komme nach. Ich muss noch was erledigen«, sagte Tahnee schnell. »Bringst du uns dann Chips mit?«, wollte Tupou wissen.

»So viele Tüten, dass du davon Bauchschmerzen bekommen wirst!«, versprach sie und musste schlucken. Der Abschied von ihren Brüdern fiel ihr sehr schwer. Sie steckte

Lauti einen Briefumschlag zu. »Gib Vater den Brief. Aber erst, wenn ihr im Flieger seid.«

Dann umarmte sie sie ein letztes Mal und ging langsam davon. Und da niemand wusste, dass sie nicht zurückkommen würde, hielt niemand sie auf.

Von Weitem schaute sie zu, wie die Fluggäste über die Landebahn gingen. Sie sah, wie ihre Eltern sich immerzu umblickten, dann aber doch einstiegen. Die Flugtickets waren zu teuer gewesen, um alle nun verfallen zu lassen.

Nachdem das Flugzeug abgehoben hatte, stand Tahnee alleine da und schaute in den Himmel, wo das Flugzeug mit ihrer Familie verschwunden war. Wann würde sie alle wiedersehen? Tränen liefen ihr über das Gesicht.

Plötzlich spürte sie, wie sich zwei Arme von hinten um sie legten. »War es richtig?«, flüsterte sie. »Jetzt gerade fühlt es sich nicht gut an, dass ich hiergeblieben bin. Der nächste Sturm wird kommen. Und wieder wird alles kaputt gehen, was wir gerade aufgebaut haben. Es wird Verletzte geben und vielleicht Tote … Ich weiß nicht mehr, ob wir was verändern können. Ob es Sinn macht zu kämpfen. Vielleicht sind wir doch einfach nur Opfer?«

Malaki drehte sie zu sich herum und küsste ihr die Tränen aus dem Gesicht. »Wir haben gar keine andere Wahl, als zu kämpfen. Wir werden es schaffen. Wir sind nicht allein. Schon vergessen? *We young people are unstoppable!*«

Tahnee musste lächeln. »Das ist aber nicht von dir!«

»Original Greta! Wir schaffen es! Das mit dem Klima … und mit uns.«

»Und wenn nicht?«

»Dann haben wir es wenigstens versucht.«

Anhang

Geografische Daten

Tuvalu ist ein Inselstaat im Südpazifik und liegt östlich von Papua-Neuguinea und nördlich von Neuseeland. Er ist mit 26 km² flächenmäßig der viertkleinste Staat der Erde. Tuvalu hat ca. 11 000 Einwohner. Der Staat umfasst neun Atolle: Nanumea, Niutao, Nanumanga, Nui, Vaitupu, Nukufetau, Funafuti, Nukulaelae, Niulakita (von Nord nach Süd), die jeweils Hunderte von Kilometern auseinander liegen. Jedes einzelne Atoll besteht wiederum aus einzelnen Koralleninseln, die an ihrer höchsten Stelle nur 5 Meter über dem Meeresspiegel liegen. Auf der Insel Fongafale im Atoll Funafuti liegt der Regierungssitz Vaiaku.

Nanumea ist das nördlichste Atoll. Im Inneren des Korallenriffs befinden sich 5 Inseln: Nanumea, Lakena, Lefogaki, Teatua a Taepoa und Temotufoliki.

ano	traditionelles Spiel auf Nanumea, bei dem zwei sich gegenüberstehende Mannschaften versuchen, jeweils einen Ball so lange wie möglich in der Luft zu halten und ihn dabei nach vorne zum Werfer zu spielen. Der Werfer darf als Einziger den Ball ins

gegnerische Feld schleudern, um so für seine Mannschaft Punkte zu machen.

Atoll	Korallenriff, das eine Lagune und mehrere kleine Inseln umschließt
Au e fia ki a koe!	Ich vermisse dich!
faatele	Fest mit gemeinsamem Essen, Musizieren, Singen und Tanzen
fusi	Dorfsupermarkt, in dem es vor allem importierte Produkte zu kaufen gibt
Mangroven	Sie wachsen an tropischen Küsten im salzigen Meereswasser und verhindern, dass die Strände vom Wasser unterspült werden. Sie sind auch Brutstätte für Fische.
marae	heilige Orte der alten Polynesier (Vorfahren der Tuvaluaner) für wichtige Zeremonien, wo sie den Göttern gehuldigt und sie um Schutz bei Kriegen und größeren Seefahrten gebeten haben
mataili	ausgehöhlte Kokosnussschale, in der etwas Wasser oder Kokosöl schwimmt und aus der weise Frauen die Zukunft lesen
palagi	»weiße« Menschen, Fremde

paw paw	eine Bananen-ähnliche exotische Frucht, aus der man einen Brei, Brot oder Kuchen machen kann
pi	Kokosnussmilch
pit	große Grube, die über Generationen bis zum Grundwasser der Süßwasserlinse gegraben wurde. In den *pits* werden vor allem die Pulakaknollen angepflanzt. Der Reichtum einer Familie hängt von der Anzahl der *pits* ab. Sie dürfen aber nur auf Lakena angelegt werden, da das stehende Wasser eine Brutstätte für die Stechmücken ist, die Malaria übertragen.
pulaka	Sumpftaro (s. u. *taro*), traditionelles Nahrungsmittel, das erst nach stundenlangem Kochen essbar ist und bei keiner Mahlzeit fehlt
talaaliki	Rußseeschwalben – die Einheimischen sagen, dass sie durch das Verhalten der *talaaliki* vor dem Sturm gewarnt werden. Tornados verursachen einen starken Infraschall, der Tausende Kilometer weit reicht. Das menschliche Ohr kann ihn nicht hören, er liegt aber genau in dem Frequenzbereich, den die Vögel wahrnehmen.

talofa   tuvaluanisch: hallo, guten Tag

tapu   im Deutschen »Tabu«, kommt aus der polynesischen Sprache und bezeichnet etwas Unantastbares, Geweihtes, was nicht berührt oder verletzt werden darf und darum durch Verbote geschützt werden muss. Mit einem *tapu* können für ein Volk wichtige Ressourcen wie Wasserstellen vor Verschmutzung durch die Einwohner geschützt oder aber bestimmte Verhaltensweisen vorgegeben werden.
Auf Tuvalu, einem Volk mit einer sehr kleinen Bevölkerung, gibt es strenge Heiratsregeln. So dürfen z. B. Cousin und Cousine bis in den dritten Grad nicht heiraten und vor allem keine Kinder bekommen, um Erbkrankheiten bei den Nachkommen zu verhindern.

taro   ist eine sog. Wasserbrotwurzel, sehr vitaminreich, wird gekocht oder geröstet gegessen

Tefolaha   lebte ca. um 1400 n. Chr. Er war ein Krieger aus Tonga und gilt als Stammesvater und Entdecker von Nanumea.

titi   traditioneller bunt gefärbter Rock aus getrocknetem Gras und getrockneten Kokosnussblättern

toddy	weißer, dickflüssiger Saft (Palmsaft)
umu	Erdofen: Man legt in ein größeres Loch in der Erde Holzscheite, darauf Vulkansteine o. Ä. Dann wird das Holz angezündet und die Steine so erhitzt. Danach werden Bananenblätter auf die Steine gelegt und darauf das Grillgut wie zum Beispiel Fisch, Fleisch, Gemüse oder Süßkartoffeln ausgelegt. Alles wird mit Bananenblättern abgedeckt und mit Erde bedeckt. Nach ca. 5–6 Stunden ist das Essen gar.
ulu aliki	Früher hatte jedes Atoll einen obersten Gemeindevorsteher (*ulu aliki*), der mithilfe eines Ältestenrates regierte. Heute hat der *ulu aliki* offiziell eher zeremonielle Bedeutung, im Alltag aber immer noch eine ziemliche Machtstellung bei der Bewahrung der alten Traditionen, z. B. der *tapus*.

■ ■ ■

»Pssst.« »Er wacht auf!«

»Er ist eine Sie!«

»Pssst! Seid leise! Sonst erschreckt er sich!«

Die wispernden Stimmen, die von allen Seiten um ihn herumschwirrten wie ein hungriger Schwarm Sandmücken, waren das Erste, was Amin wahrnahm. Er versuchte, seine Augen zu öffnen. Sehen konnte er nichts. Es war dunkel, und seine Augen waren so geschwollen, dass er selbst bei Licht nichts gesehen hätte. Er wollte sich aufrichten, fiel aber leise stöhnend vor Schmerzen auf den Boden zurück.

»Bleib liegen!«, flüsterte eine der Stimmen. Sie erinnerte ihn an seine Großmutter, klang zärtlich besorgt und doch sehr bestimmt.

Jemand drückte ihm etwas Kaltes, Nasses auf die Stirn. Wassertropfen liefen über sein Gesicht.

Amin zuckte zusammen, schrie auf und drehte seinen Kopf mit einem Ruck zur Seite.

»Schsch! Nicht bewegen!«, wisperte es.

Amin leckte mit der Zunge die Wassertropfen auf, die über seinen Mund liefen.

»Er hat Durst!«, rief eine Stimme.

»Sie hat Durst!«

Jemand hob vorsichtig seinen Kopf ein wenig hoch. Kaltes Wasser tropfte auf seine Lippen, er öffnete den Mund. Jede Bewegung tat weh, selbst das Schlucken. Das Wasser lief ihm seitlich wieder aus dem Mund.

»Du musst etwas trinken«, wisperte es. »Versuch es!«

Er wusste nicht, wo er war, wie er hierhergekommen war, wem die wispernden Stimmen gehörten.

Es war nicht wichtig.

Alles, was er fühlte, war der Schmerz, der in seinem Kopf, seinen Armen und Beinen, seinem Bauch und seinem Rücken, einfach überall wohnte. Vor allem in seinem Kopf. Nichts zählte als der Schmerz und das Wissen, dass die wispernden Stimmen ihn nicht vergrößern würden.

Die wispernden Stimmen waren keine bösen Dschinn, sie waren freundliche Geister.

Er schloss die Augen.

Als er sie das nächste Mal öffnete, blendete ihn die Mittagssonne, sodass er blinzeln musste.

»Er wacht auf!«

»Er ist eine Sie!«

Amin schaute in dunkle Augen, die ihn neugierig und besorgt betrachteten. Immer neue Augen tauchten über ihm auf.

»Er schaut schon viel besser aus.«

»Sie muss trinken!«

»Und etwas essen.«

»Lass ihn in Ruhe! Er ist noch viel zu schwach.«

Es gab nur ihre Augen und ihre Stimmen, die Gesichter waren hinter ihren Schleiern verborgen.

Als Amin versuchte, sich aufzurichten, und vor Schmerz zusammenzuckte, streckten sich viele Hände aus, um ihm zu helfen. Sie lehnten ihn mit dem Rücken an eine Wand und hockten sich schweigend vor ihn, ihre nackten Füße unter ihren weiten Kleidern versteckt.

Eine reichte ihm eine Schale mit Wasser, damit er sich das Gesicht, die Hände und die Füße waschen konnte, eine andere ein großes Stück naan und eine weitere Schale mit Wasser zum Trinken.

Auch während Amin aß und trank, langsam, weil das Schlucken immer noch wehtat, saßen sie schweigend da und beobachteten ihn mit ihren großen schwarzen Augen.

»Wie heißt du?«, fragte schließlich eine, als er das Brot aufgegessen hatte.

»Amin.« Seine Stimme erschreckte ihn, es war nicht mehr als ein Krächzen, kaum zu verstehen.

»Also doch ein Junge.«

»Wie alt bist du?«

»Warum hat man dich hierhergebracht?«

Ihre Fragen prasselten wie kleine Geschosse aus einem Maschinengewehr auf ihn ein. Amin zog seine Beine an den Körper, legte den Kopf darauf und die Arme schützend um sich.

Es wurde still im Raum, ganz still. Aber er spürte, dass sie noch da waren und auf eine Antwort warteten.

Nach einer Weile hob er den Kopf und flüsterte: »Wo bin ich? Was ist das für ein Haus? Ich will hier raus. Ich will nach Hause ... mein Kopf ...«

»Wir wollen alle raus«, sagte eine der Stimmen. »Aber nicht nach Hause. Dies hier ist nur der Vorhof der Hölle, die Hölle war unser Zuhause.«

Sie hob ihren Schleier hoch, sodass Amin ihr Gesicht sehen konnte. Sie war vielleicht so alt wie seine Mutter. Über ihre linke Gesichtshälfte zogen sich von der Stirn bis zum Hals weiße Narben. Das linke Auge war ganz unter einer großen Narbe verschwunden.

Sie lächelte, als sie Amins erschrockenen Blick sah, nahm seine Hand und strich damit über ihr Gesicht.

»Keine Angst, es tut nicht mehr weh. Mein Mann dachte, ich würde ihn mit einem Kollegen betrügen. Er ist sehr eifersüchtig. Er hat mir nicht geglaubt, dass das nicht stimmt. Dann hat er mir Säure ins Gesicht geschüttet und mich wegen Ehebruch angezeigt ... Jetzt bin ich hier. Im Gefängnis.« Sie stockte.

Amin fragte nicht weiter. Er wusste, dass die Frau noch Glück gehabt hatte, weil sie lebte. Bei Ehebruch, auch wenn es nur ein Verdacht war und nicht bewiesen werden konnte, wurden Frauen häufig zu Tode gesteinigt.

»Warum bist du hier, Amin?«

Er überlegte.

»Ich weiß es nicht ... Ich ... ich kann mich nicht erinnern.«

Die Frauen steckten die Köpfe zusammen. Er hörte ihre wispernden Stimmen.

»Er hat einen Schlag auf seinen Hinterkopf bekommen.«

»Vielleicht hat er dabei sein Gedächtnis verloren.«

»Oder er hat etwas so Schlimmes erlebt, dass seine Seele die Tür zu seinem Gedächtnis verschlossen hat.«

»Und wie öffnet man sie wieder?«

»Mit ganz viel Geduld. Bei meiner Schwester war es auch so, nachdem sie mit ansehen musste, wie ihr kleiner Sohn auf eine Landmine getreten ist und vor ihren Augen zerfetzt wurde.«

Amin schloss die Augen, er war müde, so unendlich müde. Jede Bewegung tat weh.

Die Frauen tuschelten aufgeregt miteinander.

»Ich sage euch, er ist ein Mädchen.«

»In Jungenkleidern?«

»Dies ist ein Frauengefängnis, sie hätten nie einen Jungen hierhergebracht.«

Das Wispern hörte auf.

Amin öffnete seine Augen.

»Wo kommst du her, Amin? An irgendetwas musst du dich doch erinnern. Was ist vor zwei Tagen passiert? Denk nach!«

Zwei Tage war er also schon hier. Er hatte keine Ahnung, was passiert war. Was hatte er getan, dass man ihn hier eingesperrt hatte?

»Du erinnerst dich doch sicher an deine Eltern«, sagte die Frau mit der Narbe und der dunklen Stimme. Amin hörte sie gern sprechen. »Fang da an. Wer sind sie und wo kommt ihr her? Hast du Geschwister? Wie heißen sie? Wie alt bist du?

Fang am Anfang an. Erzähle das, was dir einfällt. Dann kommt alles andere vielleicht zurück. ›Ich heiße Amin ...‹, und wie geht es weiter?«

Amin überlegte. Er hatte Kopfschmerzen, aber er wollte die Frauen, die vor ihm saßen und ihn besorgt ansahen, nicht enttäuschen. Dann begann er langsam, immer wieder stockend, zu erzählen.

EINS

Bis vor einigen Jahren lebten wir alle in einem kleinen Dorf ungefähr zwei Tagesreisen von Kabul entfernt. Um unser Haus herum gab es eine zwei Meter hohe Mauer aus verputztem Lehm mit einem Tor, das Baba jeden Abend abschloss, obwohl weder die Mauer noch das Tor uns bei einem Angriff wirklich geschützt hätten. Gegen die Flugzeuge, die ihre Bomben auf Kabul warfen und manchmal auch auf unser Dorf, schützten sie sowieso nicht. Durch unser Dorf zogen seit vielen Jahren immer wieder Soldaten mit oder ohne Panzer. Und wenn sie auf feindliche Soldaten trafen, dann wurde geschossen. Unsere Mauer hat schon viele Einschusslöcher.

»Man kann die Geschichte Afghanistans daran ablesen«, sagte Baba immer. Er hat versucht, uns zu erklären, wer gegen wen kämpft. Aber das Einzige, was ich damals verstanden habe, war, dass es seit über vierzig Jahren keinen Frieden gab und dass Baba die Hoffnung längst aufgegeben hatte.

Wenn man durch das Tor in der Mauer geht, kommt man in einen Innenhof, der zu drei Wohnungen führt. In der einen wohnte meine Familie mit meinen Eltern, mir, meinen älteren Schwestern Nila und Najiba und meinen zwei jüngeren Schwestern. Daneben wohnten Onkel Achmed und Tante Filiz mit ihren vier Kindern, und in der dritten Wohnung, die nur aus zwei kleinen Zimmern besteht, lebte meine Großmutter mit Tante Zohra.

Im Innenhof gibt es einen Brunnen und einen Ofen aus Lehm, auf dem die Frauen unser Essen gekocht haben. Meine Cousins und ich mussten dafür sorgen, dass immer genügend Feuerholz da war. Baba hatte auch einen Gaskocher gekauft, aber das Gas dafür konnten wir uns nur leisten, wenn er mit einem seiner Kampfhähne ein gutes Geschäft gemacht hatte.

Meist kochten alle Familien zusammen in einem großen Topf: pulao und bolani mit Kartoffelfüllung, sehr selten auch mal Lammkebab mit Reis. Zu jeder Mahlzeit gab es frisch gebackenes naan. Manchmal kauften Vater oder Onkel Achmed einige Hühner, die dann im Innenhof herumliefen.

Der Innenhof gehörte den Frauen. Nach dem Essen machten meine älteren Schwestern und meine Cousinen in großen Plastikschüsseln den Abwasch oder wuschen unsere Wäsche. Sie redeten und lachten dabei, als hätten sie großen Spaß. Meine Mutter und meine Tanten machten täglich frisches naan im Ofen. Der Duft zog durch den ganzen Hof über die Mauer und begrüßte uns, wenn meine Cousins und ich abends nach Hause kamen. Für meine kleinen Schwestern war der Innenhof ihr Spielplatz, wo sie singen, hüpfen und herumlaufen konnten.

Auf dem Dach unseres Hauses lebten Babas Tauben. Jeden Abend, wenn er vom Feld zurückkam, wusch er sich und ging dann zu ihnen, um sie zu füttern. Ich durfte ihm manchmal helfen. Er öffnete die Käfige und ließ sie eine Weile fliegen. Sie sahen aus wie kleine weiße Drachen. Und als würde Baba sie an einer Schnur festhalten, flogen sie nicht davon, sondern kreisten in der Luft über unserem Haus.

»Sie wissen genau, dass sie nur hier etwas zu fressen bekommen«, sagte mein Vater immer und lachte und wedelte mit einem Fächer durch die Luft.

Wenn er bei seinen Tauben war, dann war er glücklich und vergaß seinen zerschossenen Arm und seinen Zorn auf den Mann, der dafür verantwortlich war und der seit Jahren versuchte, diese Schuld mit Tausenden von Afghani abzuzahlen.

Baba hatte, nachdem die Russen 1979 unser Land besetzt hatten, zusammen mit den Mudschaheddin gegen die Kommunisten gekämpft. Es war ein Dschihad, ein heiliger Krieg, denn die Kommunisten glauben nicht an Gott, und so war es die Pflicht eines jeden gläubigen Muslim, sie zu vertreiben, erzählte Baba oft.

Sein Kommandant war damals Khan Najibullah gewesen. Der hatte eines Tages einen Angriff auf einen Vorort von Kabul befohlen, wo sich ein feindlicher Trupp befand. Jeder wusste, dass der Feind in der Überzahl war, auch seine Offiziere warnten ihn, aber Khan Najibullah interessierte das nicht. Und so wurde aus dem Angriff eine furchtbare Niederlage, die den meisten aus der Truppe den Tod brachte.

Baba befand sich in der Nähe des Kommandanten, als der Khan von einer feindlichen Kugel getroffen wurde. Es gelang meinem Vater, ihn in Sicherheit zu bringen und ihm so das Leben zu retten, auch wenn er selbst dabei an der Schulter getroffen wurde. Seitdem kann er seinen linken Arm nicht mehr bewegen.

Aus Dankbarkeit gab Khan Najibullah meinem Vater später seine jüngste Tochter zur Frau. Sie war bei der Hochzeit erst zwölf Jahre alt und ist bei der Geburt ihrer Tochter, meiner ältesten Schwester Nila, gestorben. Khan Najibullah war sehr traurig und schickte uns seitdem jedes Jahr zum Neujahrsfest Geld, Geschenke für die ganze Familie und neue Kleider für seine Enkelin. Außerdem nahm er Baba das Versprechen ab, dass er Nila nicht verheiraten durfte, bevor sie sechzehn Jahre alt war.

Ein Jahr nach dem Tod seiner ersten Frau heiratete mein Vater erneut, meine Mutter.

Mit dem Geld und den Geschenken von Nilas Großvater konnte Baba auch unsere Wohnung einrichten. Im Wohnraum lag ein dicker roter Teppich auf dem Boden, an den

Wänden gab es rote Polster aus Samt, auf denen wir beim Essen saßen und Baba und ich in der Nacht auch schliefen. An der Wand stand ein Regal, auf dem nur ein Buch lag: der Koran, in grünen Samt eingewickelt. Kein anderes Buch sollte über ihm stehen. Dabei war es sowieso das einzige Buch in unserem Haus außer unseren Schulbüchern.

Dann gab es noch ein Zimmer für meine Mutter und meine Schwestern. Vor diesem Zimmer hing ein Vorhang, der immer, wenn Fremde kamen, zugezogen wurde.

Auch der Gaskocher wurde mit dem Geld von Nilas Großvater gekauft, die ersten Tauben und Babas Kampfhähne, seine Aprikosenbäume und einige zusätzliche Felder. Onkel Achmed und Großmutter bekamen immer einen Teil von Khan Najibullahs jährlichen Geschenken.

So wurde unser Haus zum schönsten Haus und Baba zum mächtigsten Mann im ganzen Dorf.

Jedes Jahr zu Beginn des Nowruzfestes, sobald der Geldbote von Nilas Großvater gekommen war, lud Baba das ganze Dorf ein. Meine Mutter und die anderen Frauen aus meiner Familie hatten vorher schon tagelang zusammen mit den Frauen aus dem Dorf gekocht und gebacken: simenak, haft mewah und andere Gerichte, die es nur beim Neujahrsfest gab.

Einmal, kurz vor meiner Geburt, Nila war gerade fünf Jahre alt, besuchte uns Khan Najibullah persönlich, um die Geschenke zu bringen und seine Enkelin zu sehen. Er kam mit einem riesigen Gefolge. Das gab eine große Aufregung im Dorf. Noch heute erzählen alle davon.

Für unsere Familie, vor allem für Baba, war der Besuch des berühmten Kommandeurs eine große Ehre. Khan Najibullah war sehr zufrieden mit allem und umarmte Baba zum Abschied feierlich vor sämtlichen Männern des Dorfes, aber er wünschte ihm auch mit seiner lauten Stimme, dass Allah ihm bald einen Sohn schenken möge.

»Jeder Mann braucht einen Sohn«, fügte er hinzu. Das war für meinen Vater eine schlimme Demütigung, denn er hatte ja nur zwei Töchter.

Baba hatte große Hoffnung, dass ich dieser Sohn werden würde, denn ein Sohn ist wichtig für das Ansehen eines Mannes. Stattdessen wurde ich, Amina, geboren. Aber ich wurde zu Amin, dem Sohn, den mein Vater sich immer gewünscht hatte.

Baba wollte das so und keiner protestierte. Selbst meine Mutter sagte nichts, denn sie wusste, dass eine Frau, die keinen Jungen gebären kann, keinen Wert hat. Außerhalb der Familie wusste niemand, dass ich nicht Babas Sohn war, sondern nur eine weitere Tochter. Es sollte so lange wie möglich ein Familiengeheimnis bleiben, denn von Babas Ansehen im Dorf hing auch das Ansehen der ganzen Familie ab.

... neugierig, wie es weitergeht?

Carolin Philipps
Amina
Mein Leben als Junge

160 Seiten
Klappenbroschur

ISBN 978-3-7641-7085-1

Ab 12 Jahre